KB236445

어떤
고백

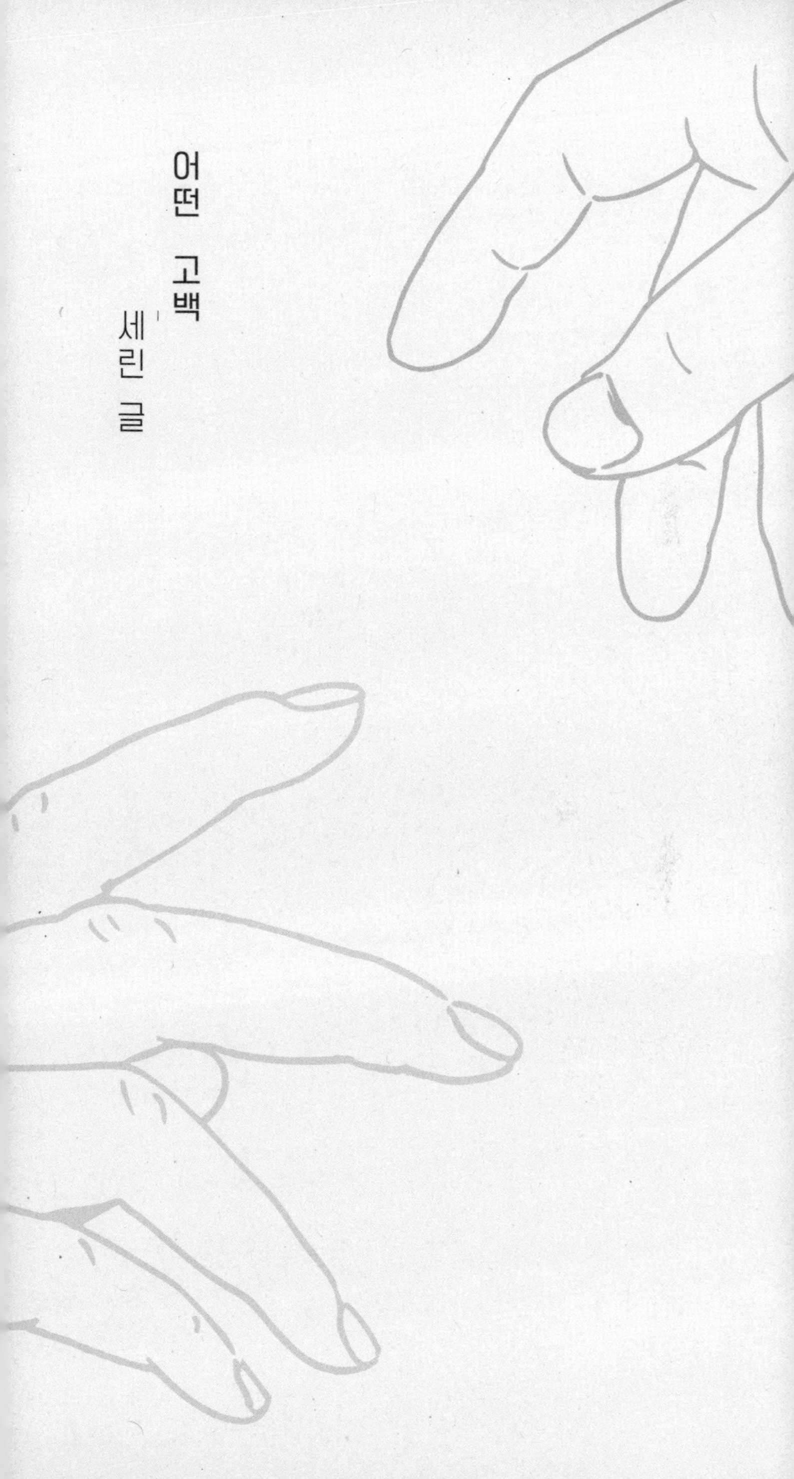

어떤 고백

세린 글

차례

나는 갈망한다, M을!

내 이름은 강잎새달! 집 앞 사거리에 있는 디저트 카페 '잎새달'의 사장이다. 여덟 평 남짓의 작은 카페를 알바생 한 명과 운영하는 소박한 사장이다.

냉장고에서 어젯밤에 준비해 둔 재료들을 꺼내 조리대 위에 펼친다. 내 손으로 직접 만들어야 할 '수제 디저트' 재료들이다. 재료들을 조리대 위에 올린다. 조리대는 내 자부심이다.

사실 우리 집은 거실 하나, 방 하나의 소형 아파트로, 몸 돌릴 정도의 동선만 간신히 나오는 조그만 부엌이 달린 구조다. 그런 부엌을 거실까지 확장해서 넉넉한 조리대를 확보했는데, 최근 몇 년간 했던 결정 중에 가장 잘한 일이라는 생각이 든다.

오늘도 금세 조리대가 꽉 찼다. 밀가루 반죽에 계란과 우유, 생크림, 딸기, 바나나, 아몬드 등등.

커피도 커피지만 내 최대 강점인 요리 솜씨를 활용해서 특별하고 맛있는 디저트로 승부를 보기로 했다.

고객들의 반응도 꽤 좋은 편이다.

— 이 집 샌드위치는 딸기 씹히는 맛이 유난히 좋아.

— 음! 이 집 바나나 푸딩! 진짜 맛있다!

— 티라미수도 직접 만들어서 파는 거예요?

카페 잎새달에서만 맛볼 수 있는 수제 디저트로는 네 종류가 있다.

싱그러운 딸기와 생크림 향의 조화를 자랑하는, 잎새달 딸기 생크림 샌드위치!

폭신한 빵과 바나나의 풍미, 잎새달 바나나 푸딩!

설명이 필요 없는 부드러움, 잎새달 초코 티라미수!

대파와 크림치즈의 부드러운 조화, 잎새달 크림치즈 대파 맛 스콘!

그중에서 잎새달 대표 디저트 메뉴는 잎새달 딸기 생크림 샌드위치다.

촉촉한 식감이 살도록 직접 만든 식빵에 질 좋은 딸기만을 사용해서 상큼함을 살린 비법이 통했는지 반응이 좋은 편이다.

디저트는 모두 아침에 만들어서 그날 밤 10시까지만 판매한다. 그리고 남은 건 모두 폐기하는데, 이것이 바로 잎새달 카페 디저트 메뉴의 인기 비법!

지금이 바로 그 네 가지 메뉴를 만드는 시간이다.

심호흡을 크게 한 뒤, 요리사용 마스크를 쓴다.

싱싱한 재료를 다듬는 것부터가 시작이다. 딸기를 씻고, 바나나 껍질을 깐 뒤 자른다. 계란을 터트리고, 생크림을 휘핑기에 돌린다. 자르고, 갈고, 엎고, 미리 준비해 둔 반죽으로 모양을 만든다.

그렇게 디저트 메뉴의 모양이 갖추어졌다. 이제 차가운 곳에서 굳혀야 하는 건 냉장고에 넣고, 구워야 하는 건 오븐 속에 차곡차곡 넣으면 된다.

웅웅웅! 오븐이 돌아간다.

그제야 "휴우" 숨을 뱉어 본다. 커피도 한 잔 타서 식탁 의자에 털썩!

"이야오옹!"

오븐에서 구수한 냄새가 날 무렵, 노랗게 떠오르는 햇빛을 받으며 도로시 부인이 등장한다. 날렵한 몸매에 새초롬한 표정, 베란다를 향해 사뿐사뿐 걸어가는 저 우아한 걸음을 보시라.

이름 도로시 귀족 부인. 보통 도로시 부인으로 부른다.

만난 날 2년 전 카페를 시작할 무렵 만난 길고양이인데, 어찌하다 보니 함께 살게 되었다.

성격 자존심이 강하고 도도하다.

좋아하는 음식 츄르(참치맛).

취미 베란다 창틀에 턱을 괴고서 우아한 척 생각에 잠겼다가 졸기.

도로시 부인은 10센티미터쯤 올라온 베란다 창틀에 두 앞발을 올리며 비스듬히 몸을 늘린다. 창밖 구경을 하는 거다. 두 발로 받친 새초롬한 표정의 얼굴에서 거만함이 느껴진다.

"도로시! 일어났어?"

내 말에 슬쩍 뒤돌아보는 눈빛도 거만하다. '별걸 다 물어. 귀찮게!'라는 듯 슬그머니 고개를 돌린다.

"이야아옹!"

집사는 일이나 하란 뜻이다. 교만이 철철 흘러넘친다. 뭐, 그럴 만도 하다. 날씬하고 우아한 몸매에 고급스러운 분위기를 풍기는 얼굴……. 우리 집 고양이라서가 아니라, 지금껏 내가 본 고양이 중에 최고의 미모다.

"진지 드시지요."

먹이와 물을 대령한다.

땡! 오븐 속 스콘이 다 구워진 모양이다. 은은한 파 향이 매력적인 크림치즈 대파 맛 스콘이다.

냉장고에서 딸기 생크림 샌드위치도 꺼낸다.

"적당히 잘 굳었네."

꼬르륵! 꼬륵!

배 속이 요동친다. 아침을 준비할 차례다.

그래도 식사 준비 전에 하는 루틴을 빼놓을 수는 없다. 체중 확인!

"오늘은 제발!"

간절한 바람으로 체중계 위에 올라간다. 어젯밤부터 물 한 모금 안 먹었으니 1킬로그램, 아니 적어도 0.5킬로그램은 빠지지 않았을까?

하지만 체중계의 숫자는 여전히 80!

이놈의 체중은 늘면 늘었지, 도무지 줄어들 줄을 모른다. XL 사이즈, 불변의 체중이다.

대체 내 몸무게는 왜 줄지 않는 걸까? 나는 M 사이즈를 갈망한다. 오래된 염원이다. 과연 내게도 M 사이즈 옷을 입을 수 있는 날이 오기는 할까?

훅, 한숨이 나온다.

오늘 아침도 기름기 없는 푸성귀 밥상인 거다. 남은 채소와 삶은 계란 두 알! 그마저 노른자는 빼고 흰자만 썰어 넣는다. 소스는 간장 조금에 매실액 약간, 올리브유를 한 수저 넣고는 적당히 비비적!

이 정도면 입맛 떨어지게 하는 푸성귀 샐러드로는 최고이지 않을까.

달콤함과 부드러움이 넘쳐 나는 디저트들을 앞에 두고서 감흥 없는 거친 채소들을 퍽퍽하게 씹어야 하는 처량한 신세……. 이 정도면 식욕이 뚝 떨어질 만도 하다.

그런데 이놈의 식욕은 왜 이리도 왕성한지 게 눈 감추듯 뚝딱 먹어 치운다. 내 식욕도 몸무게처럼 당최 줄지 않는 또 하나의 미스터리다.

칼로리 낮은 샐러드면 뭐 하나.

기어이 커다란 볼에 가득 담긴 샐러드를 다 먹어 치우고 만다.

불룩해진 배를 두드리며 디저트 판들을 카트에 담는다. 카페로 옮기기 위해서다.

가게가 가까워서 차보다는 카트로 옮기는 게 편하다. 딱 하루에 팔릴 만큼의 양만 만드니 이동도 쉽다.

챙 큰 모자를 눌러쓴다.

현관을 나오려다 흠칫한다. 신발장 문을 보자 본능적으로 몸이 움츠러든 거다. 탁한 밤색의 문이 덩그렇다. 거울은 없는 거다.

우리 집에 전신 거울은 없다. 신발장 문에 달려 있던 하나뿐인 전신 거울마저 밤색 스티커로 덮어 버렸다. 거울 속의 내가 보기 싫어서다.

밖으로 나와서 인적이 드문 골목길로 들어간다. 카페는 사거리 한편에 있으니 큰 도로로 가면 금방 닿지만 늘 사람이 적은 골목길로 돌아간다. 타인과 마주치는 걸 피하고 싶다.

걸음이 점점 빨라진다.

정신없이 걷다가 문득 "흐음!" 숨을 들이켠다.

4월! 바람 냄새가 싱그럽다. 봄바람 향이 완연하다.

살랑이는 봄바람이 목선을 간지럽힌다. 바람을 맞은 머리칼들이 신이 나서 찰랑찰랑 춤을 춘다. 내 가슴에도 살랑살랑 바람이 이는 걸까? 왠지 가슴이 부푼다.

80킬로그램! 육중한 내 몸무게와 달리, 발걸음은 꽤 가볍다.

'오늘 밤에도 볼 수 있을까?'

숨기 놀이

한봄! 그를 처음 본 건 두 달 전이다. 늦겨울 추위가 아직 가시지 않은 서늘한 밤, 노란 달빛마저 시리던 놀이터에서다.

그날도 난 파카로 온몸을 가린 채 모자를 푹 눌러쓰고서 아파트에서도 가장 발길이 드문 놀이터를 빠른 걸음으로 돌고 있었다. 내 퇴근 시간은 밤 10시! 집으로 들어가기 전, 놀이터를 20바퀴씩 빠른 걸음으로 도는 습관이 있다. 지난 2년 동안 하루도 빠짐없이 해 온 운동법이자 다이어트 방법이다.

열여덟 바퀴째였다.

"헉! 헉!"

턱밑까지 차오른 숨을 뱉어 내던 나는 흠칫 놀라고

말았다.

반대편에서 다가오는 낯선 이를 본 거였다. 키가 나보다 15센티미터쯤 더 커 보이는 남자였다. 빠르게 걸어오는 모양새로 보아 그도 놀이터를 돌려는 것 같았다.

'놀이터가 세 개나 되는데, 왜 하필 여길 온 거지? 신경 쓰이게!'

신경이 예민해졌다.

그와 멀어지기 위해 걸음을 더욱 빠르게 놀렸다. 하지만 쓱쓱 큰 걸음으로 그가 다가오지 뭔가. 다급하게 빨라지는 내 걸음…….

그 순간 그가 쓱 내 옆을 지나쳐 갔다.

나는 다급히 고개를 떨구었다. 그와 시선이라도 마주칠까 두려워서였다.

나를 지나쳐 앞서가던 그가 문득 돌아보며 말했다.

"안녕하세요?"

갑작스러운 인사에 나는 당황했다.

"네……?"

"이 놀이터가 제일 한적하고 좋네요."

이 사람, 낯선 이에게 말 건네는 것에 거리낌이 없다.

"저 일주일 전에 이사 왔어요. 이상한 사람 아니니까 안심하세요."

"……(난데없이 말을 거는 것부터가 이상하거든요!)."

"혹시…… 책 좋아하세요?"

"……?"

"사거리에 새로 생긴 봄길 서점 아세요? 제가 거기 주인이에요. 나중에 놀러 오세요!"

"아…… 네에……."

마지못해 대답하고는 놀이터를 휙 나와 버렸다. 내 뒤통수로 그의 목소리가 다시 날아들었다.

"또 봐요!"

기분이 나빴다. 나만의 영역으로 반갑지 않은 타지인이 들어온 느낌이랄까.

그래도 오늘만 참자 싶었다.

'설마 또 이 시간에 나타나진 않겠지.'

그런데 설마 하던 그 일이 벌어지고 말았다. 이삼일

에 한 번 정도는 놀이터에 나타나는 그 남자 때문에 이제 이곳은 더 이상 나만의 영역이 아니었다.

"서점에서 퇴근하면 딱 이 시간이네요."

"……(오늘은 또 뭐야)."

"조금씩이라도 운동을 해 보려고요."

"……(근데 왜 하필 여기냐고? 다른 데 가서 하면 안 되겠니?)."

"매일 이 시간에 나와서 운동하시나 봐요? 대단하세요."

"……(무슨 상관이세요?)."

멋쩍은 미소만 짓고 말았다.

그렇게 한 달쯤 되던 날, 그가 통성명을 해 왔다.

"제 이름은 한봄이에요. 그냥 봄이라고 불러도 돼요."

당혹스러웠다. 아직 그의 눈을 제대로 본 적도 없다.

"이름이 뭐예요?"

이름은 알아서 뭐 하나. 그렇지만 대답을 안 할 수가

없어서 혼잣말하듯 중얼거렸다.

"잎…… 새…… 달…… 강…… 잎새달……."

"잎새달요? 아! 거리에 있는 그 카페? 그 카페도 잎새달인데."

그의 목소리가 풍선처럼 방방 떠올랐다. 뭐가 저리 기쁠까.

"거기 주인이세요?"

고개를 까닥이자, 그가 대뜸 물었다.

"잎새달, 그거 무슨 뜻이에요? 카페 이름이 너무 예뻐서 궁금했거든요."

잎새달은 4월에 태어난 나를 위해 아빠가 지어 준 이름이다. 물오른 나무들이 저마다 잎을 돋우는 달, 4월을 의미한다.

"……물오른 나무들이……."

이상하다. 그의 질문에 왜 자꾸 대답을 하게 되는 걸까. 무시해 버리면 그만인 걸. 자꾸 그의 질문에 걸려드는 기분이다. 난 타인의 시선이 싫다. 나를 보는 눈길이 두렵다.

중학교 때가 시작이었다.

그 무렵 내 몸무게가 급격히 늘기 시작했는데, 타인의 시선과 말에 놀림과 비아냥이 가득하단 걸 그때 알았다.

"와! 저 다리 좀 봐."

"왕엉덩이!"

표현이 순화됐을 뿐, 대학교 때도 사람들이 나를 보는 시선에는 변화가 없었다.

내 뒤에서 쑥덕거리는 소리, 비웃어 대는 눈길, 그 모든 것이 비수가 되어 날아왔다.

타인의 시선을 피해 고개를 푹 숙이고 걷는 습관이 생겼다. 나만의 숨기 놀이다.

카페에서도 난 숨기 놀이를 한다.

디저트를 직접 만들고 커피를 내리고, 사이드 음료를 직접 준비하지만, 손님 앞에 나서는 건 극도로 자제한다.

주방 안쪽에 손바닥만 한 조리실을 만든 것도 그런 이유에서였다. 그곳에 숨어서 모든 걸 아르바이트생인 수아에게 맡기고 있다. 손님들의 시선이 두려워서다.

좁은 공간에 숨어서 보는 세상은 얼마나 답답한지…….

쳇바퀴 돌듯 돌아가는 답답한 내 일상에 놀이터에서의 운동 시간은 그나마 숨통이 좀 트이는 순간이다. 그런 내 공간에 한봄, 그가 불쑥 들어온 거다. 허락도 없이!

허겁지겁 고개를 돌리며 놀이터를 나오려는데, 그가 급히 다가왔다.

"잎새달 씨, 가요? 제가 뭐 잘못했어요?"

앞을 막아서는 그의 모습에 놀라 팔을 허우적거리며 고함을 치고 말았다.

"비켜요! 저리 가요!"

그러다가 발을 헛디뎠다. 로맨스물에 나오는 흔한 클리셰 아니던가. 주인공 모습은 다르겠지만.

중심을 잃은 나를 그가 잡았다. 그 바람에 눈이 딱 마주치고 말았다.

처음으로 본 그의 얼굴……. 눈빛이 선했다. 의외로 정교하고 고운 얼굴이었다.

"괜찮아요?"

그의 목소리가 귓가에서 메아리쳤다.

괜찮아요? ……괜찮아요?

놀란 가슴이 쿵쿵 뛰었다. 얼굴이 뜨거워졌다. 어색했다.

"놔, 놔요! 왜 자꾸 말을 걸어요? 왜 그래요? 제가 신기해요? 뚱뚱한 여자 처음 봐요? 놀리고 싶어요?"

마음속에 꼭꼭 숨겨 두었던 말들이 마구 튀어나왔다.

당황한 그가 흠칫 뒷걸음쳤다. 후다닥 놀이터를 빠져나가려는데, 그가 말했다.

"잎새달 씨랑 친해지고 싶거든요."

나직한 그의 목소리가 이어졌다.

"우리 집 베란다에서 놀이터가 바로 보여요. 이사 온 날 밤에 운동하는 잎새달 씨를 봤어요. 다음 날도, 그다음 날도……. 하루도 거르지 않고 운동을 하더라고요. 대단하다고 생각했어요. 전 뭐든 쉽게 포기하는 편이거든요. 그런데 잎새달 씨는 다르더라고요. 친해지고 싶다고 생각했어요. 잎새달 씨의 지구력, 그거 배우고 싶거든요."

생각지도 못한 말이었다.

나와 친해지고 싶다고? 가슴이 이상하게 저렸다.

다온

그날은 정말 이상한 날이었다. 그날 밤에 만난 사람은 한봄만이 아니었다.

벌렁거리는 가슴을 부여잡고서 집으로 돌아오는데, 우리 집이 있는 5층 복도에서 낯선 이가 서성이는 모습이 보였다. 교복 차림의 여자애였다.

호리호리한 몸매에 키가 훌쩍 큰 여고생이 복도 난간에 몸을 바싹 붙인 채 물을 홀짝이고 있었다. 5층엔 다섯 집이 사는데, 여고생은 없는 터라 어리둥절했다.

복도 마지막 집인 우리 집 문을 열려는데, 그 애가 획 몸을 틀며 말을 걸었다.

"언니, 혹시 집에 생수 있어요? 한 병 마셨는데, 목이 너무 말라서요."

“……."

애는 뭐지? 어떡해야 하나? 고개를 푹 떨군 채 문고리를 잡고서 고민하는데, 그 애가 바싹 다가왔다.

“저 몰라요? 아랫집 사는데.”

아! 생각났다.

며칠 전, 아랫집 아줌마가 우리 집에서 쿵쿵 소리가 난다면서 올라온 적이 있었다. 옆집 애들이 뛰는 소리였을 거란 내 말에 다행히 아줌마가 수긍했지만, 돌아가며 남긴 뒷말이 송곳 같았다.

“아가씨도 조심해 줘요. 걷기만 해도 쿵쿵 소리가 나겠는걸.”

내 몸을 위아래로 훑던 그 눈길이 참 싫었는데, 기어이 내 가슴에 비수를 꽂고 만 거다.

그 순간 달려오며 버럭 소리친 이가 바로 이 아이였다.

“엄마, 진짜 별로다. 진상이야. 가요! 어서!”

그래! 그때 분명 그 애 엄마가 이렇게 말했었다.

“뭐라고? 진상? 정다온! 너 그게 부모한테 할 소리

야?”

다온이를 기억해 낸 순간, 그날의 모멸감도 함께 떠올랐다.

“없어! 너희 집 가서 마셔.”

퉁명스런 내 말에 다온이도 투덜거렸다.

“에이! 너무 야박하다. 생수 한 병에!”

“근데 너, 왜 여기서 생수를 마시냐? 너희 층 복도에서 마시면 될 걸.”

“아래층엔 엄마가 있잖아요. 왜 집에 안 들어오고 거기서 그러냐, 어두운 데서 뭐 하냐, 잔소리 폭탄이 터질 게 뻔해. 아휴! 지겨워!”

다온이는 하늘을 향해 숨을 크게 뱉으며 말을 이었다.

“이렇게 있음 속이 좀 트이거든요. 헬스장에서 한 시간 동안 러닝머신 하고 왔어요. 이렇게 땀 식히면서 생수 마시는 이 순간만이라도 방해 받고 싶지 않다고요. 언니가 이해해 줘요.”

이유가 참 난데없고 뻔뻔했다. 그런데 이상하게도 밉지 않았다.

"실기 선생님이 몸무게를 47킬로그램으로 만들래요. 너무하지 않아요? 제 키가 165센티예요. 52킬로그램인 몸무게를 어떻게 47로 만드냐고요! 이건 뭐 굶어 죽으란 거지. 그죠, 언니?"

"어……?"

엉겁결에 대답이 나와 버렸다.

"그래도 어쩌겠어요. 어제부터 헬스장에 가서 한 시간씩 달리기로 했죠. 러닝머신 위에서 주구장창 달려 봐요. 머리가 멍해지고 혼이 홀라당 나가 버린다니까요. 여기서 이렇게 생수라도 들이켜야 달아났던 혼이 돌아와요. 이해하죠, 언니?"

"……으응……."

또 수긍을 해 버렸다.

문득 러닝머신 위를 달리는 다온이 모습이 눈앞에 그려졌다.

마치 도로시 부인의 모습처럼 날렵하고 우아하다!

얄밉다! 하여튼 예쁜 것들은 뭘 해도 예쁘다.

정말 이 애는 뭘까? 밑도 끝도 없이 다가오는 아이가 부담스럽기만 했다.

다온이는 우리 아파트 앞에 있는 예술 고등학교 연극 영화과 1학년생이라고 했다. 과 특성상 체중 관리를 시키는가 본데, 과한 미션에 불만이 많은 듯했다.

"아! 47킬로그램! 저 할 수 있을까요?"

다온이의 한숨에 나도 몰래 또 대답을 했다.

"한 시간 동안 달리는 건 너무 무리 아냐? 차라리 트레이너에게 피티를 좀 받지?"

"에이! 그거 엄청 비싸잖아요. 그냥 한 시간 달리기! 제가 할 수 있는 최선이에요."

모든 대답이 명료하다. 고민하거나 망설이는 모습은 다온이에게선 찾아볼 수 없었다.

다음 날 밤엔 아예 집 안으로 불쑥 들어오며 말했다.

"언니, 저 배고파요. 맛있는 거 만들어 주세요."

나는 이 아이와 친해진 걸까.

난감하고 어처구니가 없었다.

"그건 엄마한테 할 말이지."

"이 시간에 먹을 걸 달라고요? 울 엄마, 노발대발할 걸요. 다이어트 안 하냐, 미쳤냐…… 으으! 그 진소리를 듣느니 안 먹고 말지. 맛있는 거 해 줘요. 언니, 요리 잘하잖아요!"

나도 몰래 냉장고 문을 열었다.

"뭐 먹을래? 어제 만들어 둔 떡볶이가 있고, 배달시켜 놓고 안 먹은 치킨도 있어."

떡볶이와 치킨이라면 야식으로는 최고의 메뉴다. 달려들 줄 알았던 다온이가 뚱한 표정으로 고개를 젓더니, 손가락으로 뭔가를 가리켰다.

조리대 위에 놓인 과일 바구니와 채소 바구니다.

"저렇게 좋은 재료들이 있잖아요. 언니 요리 먹고 싶다니까요. 떡볶이랑 치킨이 칼로리가 얼마나 높은 줄이나 아세요? 안 돼요! 저 다이어트 중이거든요. 그거 먹으면 한 시간이나 달린 게 헛고생이 되잖아요. 언니도 매일 밤 놀이터에서 운동하는 거 알아요. 우리, 다이어트 요리 해 먹어요.”

이 아인 대체 나에 대해 어디까지 알고 있는 걸까?

어리둥절해 하는 사이, 다온이가 조리대 위의 재료들을 몽땅 펼쳐 놓았다.

싱싱한 토마토와 양상추, 오이, 당근, 계란에 통곡물 빵까지.

“와! 이건 정말 최고의 재료들이다. 통곡물 빵은 진짜 최고지. 자, 이 재료들로 할 수 있는 최고의 요리는?”

진심 가득한 눈길로 다온이가 나를 보았다.

“샌드위치를 해 달란 거야?”

“정답! 언니 반쪽! 나 반쪽! 어때요?”

결국 난 샌드위치를 만들었고, 다온이 말대로 반반 나눠서 맛있게 먹었다. 혼자 먹는 게 익숙하던 터라 누군가와 함께 나눠 먹는 게 어색하기도 했다. 하지만 기분이 꽤 괜찮았다.

다온이는 샌드위치를 오래도록 꼭꼭 씹었다.

“언니, 이렇게 천천히 씹어 먹어야 포만감을 더 느낄

수 있대요. 다이어트의 꿀팁!"

나도 따라 천천히 샌드위치를 씹었다. 재료 하나하나의 맛이 살아나서 좋았다.

"언니, 다이어트의 포인트가 뭔지 아세요? 바로 포만감이죠. 이렇게 적게 먹어도 큰 포만감을 느낄 수만 있다면 성공이잖아요."

꽤 과학적인 접근이다.

사실 나도 다이어트라면 안 해 본 게 없을 정도다.

밥과 빵, 국수와 과자와 단호히 이별하고 야심차게 시작했던 저탄수화물 다이어트!

우리 집 믹서가 펑 소리를 내며 생을 마감하도록 채소와 닭가슴살을 갈아 댔던 액체 다이어트!

소고기만 집중 공략하다가 백기를 들어 버린 원 푸드 다이어트에, 한 주먹이나 되는 약을 털어 넣다가 배부르겠다 싶었던 약 다이어트까지!

하지만 금세 찾아온 요요 현상으로 결국엔 모두 실패!

위 밴드 수술로 위를 줄이려고도 해 봤지만, 그마저

의사의 반대로 포기해야 했는데, 고도 비만 환자에게 하는 수술이라는 이유에서였다. 고도 비만은 아니라는 사실에 기뻐할지 말지, 고민되던 순간이었다.

한참 지난 다이어트의 추억들을 되새기는데, 다온이가 당근을 와작와작 씹으며 투덜거렸다.

"언니! 어이없지 않아요? 연극 영화과면 연기 잘하면 그만이지 왜 살을 빼래요? 세상에 마른 배우만 있는 건 아니잖아요. 그죠?"

"그치! 그치!" 대답이라도 하듯 도로시 부인이 다온이에게 다가가며 옹알거렸다.

"이야옹! 아옹!"

내 옆엔 잘 오지도 않는 애가 다온이 곁에 앉아 부비부비 몸까지 비빈다.

도로시 부인과 한참 알콩달콩하던 다온이가 옷에 붙은 고양이털을 털면서 말했다.

"언니, 오늘 요리 주제는 '처음'이 어때요? 우리 같이 요리해 먹은 건 처음이니까."

뭐 주제씩이나…… 정말 예측이 안 되는 아이다.

"통곡물 빵과 달걀의 만남은 첫 만남으론 최고 같아요. 그죠? 통곡물 빵은 식이 섬유가 풍부하지만 지방과 단백질이 부족한데, 건강한 시빙과 단백질로 꼽히는 달걀을 함께 먹으면 영양소가 잘 갖추어진 포만감 요리로는 최고거든요. 언니, 우리 다음에도 또 해 먹어요. 많이 먹고 배불러도 살 안 찌는 포만감 야식! 좋죠?"

그렇게 다온이와 한봄이 내 생활 속으로 불쑥 들어와 버린 거다.

잎새달

어제는 놀이터에 나타나지 않았으니 오늘은 한봄이 나타날 거다. 요즘은 이틀에 한 번꼴로 나타나고 있으니까.

밤 10시! 카페를 나오기 전 옷걸이에 걸어 두었던 카디건을 툭툭 턴다. 혹시 디저트 냄새가 배었을까 신경이 쓰여서다. 가방에서 샘플로 받은 향수도 꺼내 칙! 칙! 두 번 뿌려 본다.

음…… 상큼한 레몬 향이다. 기분이 상쾌해진다. 이게 대체 뭐 하는 거지? 문득 생각한다. 놀이터로 향하는 발걸음이 빨라진다.

저만치 보이는 놀이터가 노랗다.

노란 달빛과 노란 가로등 탓에 놀이터가 노란 동그라미 속에 갇혔다. 평소엔 조금 으스스하게 느껴지기도 하던 놀이터가 따스하고 정겨워 보인다.

빨라졌던 발걸음이 놀이터 근처에 와서는 정작 쭈뼛쭈뼛!

'왔나? 아직 안 왔겠지?'

생각이 많아지고 곁눈질이 길어진다.

아…… 역시나! 그는 보이지 않는다. 아직 안 온 모양이다.

"휴우!"

어깨에 가득 들어갔던 힘이 쭉 빠진다. 그때였다.

"왔어요?"

등 뒤에서 들려오는 익숙한 목소리! 한봄이다. 그의 목소리는 부드럽고 달달하다. 봄바람의 느낌이랄까.

당황해서 미처 대답을 못 하고 머뭇거리는 사이, 그가 난데없는 말을 했다.

"4월이란 뜻이죠?"

"예?"

“잎새달 씨 이름! 카페 이름 말이에요. 인터넷에 검색해 봤거든요. 어떡해요. 안 가르쳐 주니까 궁금한 사람이 찾아봐야죠.”

“아! 그거요? 맞아요. 4월!”

고개를 끄덕이자 그가 웃는다. 미소 짓는 모습도 예쁘다.

“물오른 나무들이 저마다 잎 돋우는 달, 잎새달! 이름이 참 예뻐요.”

예쁘다고?

숨이 턱 막히고 가슴이 마구 뛴다. 예쁘다는 이름은 어느 이름일까? 카페 잎새달일까? 내 이름 잎새달일까?

고개를 푹 숙인다.

그런데 이 사람, 나한테 자꾸 왜 이러는 걸까.

“그런데요, 잎새달 씨. 우리 되게 신기한 것 같지 않아요?”

“예?”

“잎새달은 4월이니까 봄! 제 이름도 봄! 우리 서점은 봄길 서점! 우린 봄으로 통하잖아요.”

“아! ……그러네요.”

얼렁뚱땅 대답하고는 후다닥 잰걸음으로 놀이터를 뱅뱅 돌아본다. 걸음이 빨라질수록 휘휘 얼굴을 덮치는 바람이 시원하다.

뒤따라 걸어오는 한봄의 발소리는 마치 박자를 잘 맞춘 음악 같다.

‘혹시 이 사람?’

마음속에서 엉뚱한 착각의 씨앗도 불쑥 돋아난다.

하지만 착각은 금세 걱정으로 바뀐다.

‘이러면 안 돼. 착각하지 마. 또 상처 받고 싶어?’

그동안 나를 아프게 했던 수많은 착각의 순간들이 떠올랐다.

고등학교 2학년 때였던가. 나를 잘 챙겨 주던 교회 오빠에게 용기 내어 고백한 날, 내게 돌아온 대답은 비참했으니…….

“미, 미안! 왜 그런 오해를 했을까? (엄청나게 당황하며) 내, 내가 잘못했네. 네가 오해하게 행동했나 봐."

대학교 1학년 여름, 나만 보면 커피나 밥을 사 주던 동기에게 용기 내어 고백한 날에도 돌아온 대답은 참담하기만 했다.

"내가 뭘 잘못했을까? (헛웃음을 날리며) 왜 그런 오해를 했지?"

그제야 깨달았다. 그는 시험 기간에만 그랬다는 사실을(당시 난 학과 성적이 톱이었다).

"뭐야? 잎새달! 왜 이래? (화들짝 놀라) 정신 차려!"

'정신 차려! 정신!'

머리채를 세차게 흔들며 마음을 가다듬어 보았다. 어느새 놀이터를 열 바퀴나 돌았다. 아무래도 오늘은 이 정도에서 끝내는 게 좋겠다 싶었다.

"먼저 가 볼게요. 다리가 좀 저려서……."

어영부영 핑계를 대며 놀이터 밖으로 나가려는데, 한봄이 말했다.

"낮에 갔었어요, 잎새달 카페에. 커피랑 스콘, 맛있던데요. 특히 스콘! 그거 예술이더라고요."

한봄은 입맛을 다시며 말을 이었다.

"근데 낮에 어디 갔었어요? 안 계시더리고요? 만날 수 있을 줄 알았는데."

조리실에 박혀서 사이드 음료를 만들 때 다녀갔나 보았다.

"아…… 약속이 있었어요."

"그랬구나. 시간 되면 우리 서점에도 들러 주세요. 재밌는 사진집과 그림책이 많이 들어왔거든요. 앉아서 볼 수 있는 편안한 의자도 놔뒀어요. 사지 않아도 되니까 와서 책 구경하고 가요."

그가 또 활짝 웃었다.

뭔가가 몽글몽글! 심장이 간지러웠다.

'제발 그렇게 웃지 말라고! 그럼 나 정말 서점에 간단 말이야.'

그의 웃음이 너무 달콤했다.

문득 익숙한 맛이 기억났다. 몰랑몰랑 부드럽게 입

안을 채우던 그 맛!

'아! 고구마 팬케이크!'

언젠가 다이어트 음식으로 해 먹었던 요리다. 달콤하게 입속으로 들어와 큰 만족감을 주던 그 요리! 왜 갑자기 그게 떠오른 걸까?

수아와 리뷰

미쳤다!

지금 내가 뭘 하고 있는 거지? 아보카도 스프레드를 만들고 있다. 요즘 내 몸은 머리랑 소통할 마음이 전혀 없는 듯했다.

누군가의 집을 방문하게 될 때면 정성을 다해서 준비하는 음식이 아보카도 스프레드다. 맛이 좋은데, 모양도 그럴듯하게 고급스러워서 선물용으로 늘 환영 받기 때문이다.

아보카도를 손질하고 계란을 삶는다. 재료를 준비하는 손목에 힘이 넘친다.

"미친 게 분명해."

그러면서도 멈추지 못하는 이 손은 뭘까?

게다가 손님이 뜸한 시간이라 조리실에서 요리에 집중하기에도 딱 좋지 뭔가. 씨를 분리한 아보카도 살을 매셔로 으깨는 참이었다.

“어? 이 사람, 또 리뷰 올렸네?”

핸드폰을 보던 수아가 소리쳤다.

“언니, 이거 봐요. 오늘은 잎새달 딸기 생크림 샌드위치예요.”

최근 누군가 우리 가게 SNS에 독특한 리뷰를 올리고 있는데, 맛 표현이 눈에 띌 정도로 섬세했다. ‘도토리34’라는 닉네임이었다.

매셔를 내려놓고 잽싸게 리뷰를 보았다.

도토리34 딸기가 통째로 들어간 샌드위치는 속이 꽉 찬
선물 같다. 먹기도 전에 마주한 하얀 생크림과 빨간 딸기의
선명한 색 대비가 산뜻한 맛을 상상하게 만든다.
샌드위치를 한 입 크게 베어 물자 폭신한 빵과 산뜻한
생크림, 싱싱한 딸기가 한데 어우러져 깊은 단맛을 냈다.
지금까지 맛본 딸기 생크림 샌드위치 가운데 단연 최고다!

한 줄의 문장을 완성하기도 귀찮아서 이모티콘으로 할 말을 대신하는 세상에 이렇게 정성스러운 리뷰를 올리는 이가 누굴까?

고맙고 신기했다.

"대체 누구지?"

"정말 누굴까요?"

수아가 연거푸 고개를 갸웃거렸다. 수아는 도토리34의 정체를 밝히기 위해 탐정 놀이라도 시작할 태세다.

"글 패턴으로 봐서는 제법 나이가 든 분인 것 같죠? 문장이 섬세한 걸 보면 글을 쓰는 일을 하는 분 같아요. 그죠, 언니?"

리뷰들을 다시 읽으며 추리를 하고 또 한다.

"딸기 생크림 샌드위치 리뷰가 오늘 아침에 올라온 걸 보면 어제 먹고 간 것 같아요. 어제 다녀간 손님들 중에…… 음…… 누굴까?"

도통 감이 잡히지 않는 듯 수아는 동그란 입을 좌우로 삐죽거리며 생각에 잠겼다.

돈을 모아 카페를 여는 걸 꿈꾸는 수아와 일을 한 지

도 1년이 넘어간다. 수아를 보면 생기와 발랄의 정의를 보는 느낌이다. 유자 같다. 그 생기로 잎새달이 커 가는 듯하다.

요즘 친구들 같지 않은 수아의 알뜰함도 참 좋다. 자기 가게를 목표로 해서인지 단돈 천 원을 쓸 때도 신중하고 계획적이다.

그러면서도 좋아하는 아이돌 그룹의 콘서트를 보기 위해서는 한 달 치 알바비를 아낌없이 쏟아붓는 열정도 청춘 같아서 좋다.

"이거라도 없으면 전 살 수가 없거든요. 저를 지탱해 줄 기쁨은 즐길 줄 알아야죠. 헤헤."

그런 수아가 도토리34에게 관심을 가졌으니, 곧 도토리34의 정체가 드러나고 말겠지?

도토리34의 정체가 궁금하기는 나도 마찬가지다. 처음 올라온 토마토주스의 리뷰부터 내 궁금증을 자극하기에 충분했기 때문이다.

도토리34 · 잎새달의 토마토주스는 특별하다.
한 모금 삼키기도 전에 코끝으로 스며드는
잘 익은 토마토 향은 텃밭에서 익어 가는
할머니 댁 토마토를 떠올리게 했다.
할머니를 그립게 하는 맛이다.

토마토주스는 잎새달의 계절 메뉴 중 하나인데, 수박주스나 바나나주스에 비하면 인기가 많지는 않다.

토마토주스를 계절 메뉴에 올리게 된 건 성진이 할머니 때문이었다. 성진이는 올해 초등학교에 입학한 아이인데, 매일 하교 시간이면 할머니는 손자 손을 꼭 잡고서 우리 가게 앞을 지나가셨다.

그러던 어느 날, 땀방울이 이마에 송송 맺힌 손자가 우리 가게의 주스를 보며 입맛을 다셨고, 그걸 본 할머니는 손자 손을 끌고서 가게로 들어오셨다.

테이크아웃을 주로 하는 작은 커피숍이지만 우리 가게엔 테이블이 세 개 준비되어 있다. 커피를 마시고 가려는 손님들을 위한 테이블이 내부에 두 개, 그리고 웨이팅 손님을 위한 가게 앞 테이블이 하나다.

할머니는 가게 앞 테이블에 손자를 앉힌 뒤 수아에게 말했다.

"여기 주스 좀 줘요. 시원한 걸로 두 잔!"

"무슨 주스로 드릴까요? 바나나주스랑 오렌지주스가 있어요."

수아의 말에 할머니는 손사래를 살살 치셨다.

"그런 단 거 말고, 애들 먹기도 좋고 내가 먹기도 좋은 거! 건강에 좋은 거!"

"어? 다른 주스는 없는……."

당황한 수아가 뒷말을 얼버무리는 사이, 조리실에 있던 내 눈에 띈 것이 토마토였다. 다이어트를 위해 저녁에 먹으려고 사 둔 거였다.

난 바로 수아의 옆구리를 찌르며 토마토를 향해 손짓을 했고, 눈치 빠른 수아는 특유의 산뜻한 미소로 할머니께 말씀드렸다.

"토마토주스는 어떠세요? 설탕 대신 꿀 한 숟가락을 넣고 만든 건강 주스거든요. 오늘부터 시작하는 계절 주스랍니다."

"토마토? 그거 좋지! 그럼 그걸로 두 잔 줘요."

그렇게 수아의 기지로 탄생한 게 토마토주스다.

그날 이후 성진이와 할머니는 하굣길이면 늘 토마토주스를 마시고 가는 단골손님이 되었는데, 그렇게 시작된 토마토주스 판매 일주일 만에 리뷰가 올라온 거였다.

"아무래도 성진이 할머니가 리뷰를 올리신 것 같아요."

할머니로 단정한 수아는 다음 날 대뜸 할머니께 여쭤 보았다.

"할머니, 이 리뷰, 할머니가 올리신 거죠? 맞죠?"

하지만 할머니는 핸드폰 속 작은 글자에 인상을 쓰며 고개를 저었다.

"리뷰가 뭐야? 글자가 왜 이렇게 작아? 좀 크게 쓰면 얼마나 좋아."

"어? 아닌가? 그럼 너니?"

동그래진 수아의 눈이 성진이를 보았지만, 성진이는 빈 주스 잔에 묻은 꿀을 혀로 핥으며 큰 눈만 끔뻑거릴

뿐이었다.

그 뒤론 수아의 탐정 놀이도 맥이 빠진 듯했는데, 다시 올라온 딸기 생크림 샌드위치 리뷰로 수아의 추리력이 다시 발동한 거였다.

"아이! 대체 누구야? 이건 우리 가게에서 토마토주스랑 딸기 생크림 샌드위치를 모두 먹어 본 사람이라는 건데…… 그렇다면?"

수아는 지난 기억을 죄다 되살려서라도 도토리34의 정체를 알아낼 기세였다.

하지만 난 도토리34를 생각할 정신이 없었다.

시간 되면 우리 서점에도 들러 주세요. ……시간 되면 우리 서점에도 들러 주세요. ……시간 되면…… 들러 주세요…….

'어쩌라고? 정말 가려고? 서점에?'

악몽

갔다. 정말 서점엘 간 거다.

손님이 있나 없나, 몇 번이나 서점 안을 기웃거리며 손님이 모두 빠져나간 순간을 포착했다.

'지금이야!'

아보카도 스프레드를 포장한 박스도 잘 챙겨 들었다.

문을 열자, 풍경 소리가 먼저 반겼다.

"어? 잎새달 씨?"

책장에 책을 꽂던 한봄이 돌아보며 반갑게 소리쳤다.

미리 준비한 인사말을 다급히 읊어 댔다.

"안녕하세요? 스페셜 디저트를 해 봤는데, 양이 너

무 많아서 조금 가져왔……."

하지만 핑계의 말을 다 마치기도 전에 흠칫하고 말았다.

"잎새달? 아! 그분이시구나. 놀이터 운동 친구!"

책장 뒤에서 누군가 불쑥 나타난 거다.

한봄의 얼굴 위로 머리가 쑥 올라올 정도로 키가 큰 남자였다. 책장 뒤에 가려져서 가게 밖에선 보이지 않았던 거다.

놀란 난 낭패한 표정으로 고개를 푹 떨구고 말았다.

"반가워요. 전 한봄 친구 정성우! 이 건물 위층에 있는 헬스장 아시죠? 거기 트레이너예요."

반갑게 다가오는 그의 낯선 시선이 당혹스러웠다. 나도 몰래 슬금슬금 뒷걸음쳤다.

'헬스 트레이너?'

직업이 더 나를 주눅 들게 했다. 그의 눈이 내 몸 구석구석을 살피고 있을 것만 같았다. 거북이 목처럼 어깨가 움츠러들었다.

그 순간, 한봄이 후다닥 내 앞을 막아서며 친구에게

말했다.

"성우야! 너 지금 간댔지? 나가자."

내가 당황했음을 눈치챈 거였다.

"잎새달 씨, 잠깐만 여기 계세요. 나갔다 올게요."

내 눈치를 살피던 한봄이 친구 등을 밀며 황급히 밖으로 나갔다. 눈치 없는 친구는 등이 떠밀리며 나가면서도 나를 향해 소리쳤다.

"잎새달 씨! 반가웠어요. 다음에 또 봐요. 헬스장도 한번 오세요. 제가 효과적인 운동법, 잘 코치해 드릴게요!"

참 적극적인 사람이었다.

두 사람이 가게에서 나가는 걸 확인한 순간, 다리 힘이 쪽 빠졌다. 난 손님용 의자에 털썩 주저앉고 말았다. 들고 온 포장 박스가 바닥으로 스르르 내려앉았다.

"휴우!"

숨을 뱉어 내며 간신히 고개를 들었다.

창을 통해 가게 밖 두 사람의 모습이 보였다. 봄 햇살에 비친 두 사람의 실루엣이 정겨웠다.

뭐가 그리 좋은지 서로를 보며 나누는 눈길이 다정했다. 친구란 이가 한봄의 어깨를 정겹게 토닥였다. 그 손길에 한봄이 환하게 웃어 주었다.

한봄을 보고 있자니 나도 따라 헤벌쭉 입이 벌어졌다. 한참이나 넋 놓고 두 사람을 훔쳐보았다.

문득 궁금증이 생겼다.

'저 사람, 연애할 때도 저렇게 다정하겠지?'

뭐야! 지금 무슨 상상을 하는 거야. 깜짝 놀라 두 눈을 꾹 감아 버렸다.

다시 눈을 떴을 땐 두 사람이 보이지 않았다. 한봄도 헬스장으로 올라간 걸까?

이때다 싶어 후다닥 서점을 나와 버렸다.

잎새달 가게 쪽으로 걸음을 막 떼는데, 헬스장으로 난 계단에서 한봄이 내려왔다. 나를 본 한봄이 당황한 듯 말했다.

"벌써 가요? 책 구경도 안 했는데."

"아! 약속이 있는 걸 깜빡했어요. 담에 다시 올게요."

난 다급히 걸음을 재촉했다.

그날 밤은 악몽을 꾸었다.

헬스장의 러닝머신에서 운동하는 나를 향해 사람들이 비웃어 대는 꿈이었다. 놀리는 말소리, 경멸스런 눈길들…….

따라라랑! 따라라랑!

알람음에 번쩍 눈을 떴다. 5시! 반사적으로 몸을 일으켰다.

"휴우!"

꿈이라는 사실에 안도했다. 온몸이 땀범벅이었다.

"이야아옹! 야아옹!"

웬일로 도로시 부인이 일찌감치 방으로 들어왔다. 물통이 비었나 보았다.

도로시 부인이 앙칼지게 소리쳤다.

"이야옹! 요즘 정신을 어디 두고 사냐옹! 정신 좀 차려라옹!"

들켜 버린 것들

"아보카도 스프레드를 만들어서 갖다 줬다고요?"

"아니, 그냥 준 게 아니고, 서점에 가는데 빈손으로 가기는 좀 그래서……."

"서점 갈 때는 당연히 빈손으로 가는 거 아니에요?"

무심코 꺼낸 서점 이야기에 다온이의 말투가 야릇해졌다. 의아한 눈길을 보내는 다온이의 모습에 나도 모르게 눈을 피했다.

"아, 아니, 아는 사이니까, 서점에 처음 가는 건데 그냥 가긴 좀 그랬단 말이지."

"언니, 요즘 썸 타죠? 한봄이란 그 사람이랑."

"캑! 캑! 뭐?"

헛기침이 터지고 말았다.

누가 들을까 무서웠다. 빈 복도를 다시 둘러본 뒤 다온이의 등을 밀어 집으로 들어갔다.

나는 다급히 물을 마시며 세차게 손사래를 쳐 댔다.

"아냐! 썸이라니? 헛소리 좀 그만해."

하지만 다온이는 이미 확신한 눈치였다.

"이상했어. 한봄 씨 얘기 할 때 언니 표정 어떤지 알아요? '나 행복해!' 이래요."

"뭐? 내가 언제? 아냐! 아니라고!"

하지만 내 머릿속은 이미 '썸'이라는 단어로 가득 차 버렸다.

'썸이라고? 말도 안 돼! 하지만 어쩌면…… 이런 게 썸인 거 아닐까? 정말 썸일까?'

일주일에 두세 번은 놀이터에서 만나고, 서로의 가게까지 오고 간다. 그의 목소리는 늘 따뜻하고, 난 가슴이 콩콩 뛰곤 한다. 그를 보는 시간이 기다려진다. 혹시 그도 그럴까?

"언니, 한봄 씨 좋아하죠? 다 보여요, 언니 마음!"

이미 내 마음을 간파해 버린 다온이의 입가로 확신

의 미소가 번졌다.

아니라고 난리를 쳐도 소용없었다. 확신에 찬 다온이는 불도저 같았다.

"그럼 고백해 봐요."

헉! 얘가 지금 무슨 소리를 하나? 머리가 멍해질 정도였다.

"고백이라니! 말도 안 돼!"

"뭐예요? 언니, 혹시 자신이 없는 거예요?"

없다. 그렇다. 자신이 아예 없다.

대학교 4학년 때, 그 복학생 선배에게 고백했던 사건은 내게 큰 상처를 남겼다. 내 고백을 받고 당황한 선배의 모습에 내가 더 당황했다.

난 농담이라고 바로 얼버무렸지만, 그 후로 그 선배를 피해 다녀야 했고, 놀림 가득한 소문들을 견뎌 내야만 했다. 선배는 내가 고백했다는 사실을 여기저기 떠벌렸다. "감히 어디다 들이대"라며 화까지 냈다는 소문이 퍼졌다. 과장된 소문들이 귀신처럼 캠퍼스를 떠돌았다.

수업이 거의 없는 4학년이었으니 망정이지, 아니었다면 휴학을 하고 말았을 것이다.

그때 나는 다시는 남자에게 관심을 갖지 않기로 결심했다.

그 선배를 떠올린 순간, 내 고백을 받고 당황할 한봄의 모습이 눈앞에 그려졌다.

당황한 한봄이 진땀을 흘리며 이렇게 말하지 않을까?

"어, 어떡하지…… 아, 아무래도 오해가 있었나 봐요. 미, 미안해요. 오해하게 했다면."

으아아! 싫다. 상상조차 고통스럽다.

다온이는 불도저 삽질을 계속해 댔다.

"뭐 어때요? 내 마음은 이렇다, 넌 어때? 이렇게 일단 고백부터 해 보는 거죠."

참 단순하고 명료하다.

"아, 아니라니까. 썸 그런 거! 그리고 그 사람 마음도 모르면서 어떻게 막 고백하고 그러니? 그 사람이 나를 좋아할 리도 없고……."

앗! 얼떨결에 속마음이 입 밖으로 나오고 말았다.

"거봐요! 좋아하는 거면서……. 그리고 한봄 씨가 카페에도 왔었다면서요? 서점에도 오라고 했고. 관심이 있는 거네. 관심도 없는데 같이 운동하고 그럴까?"

팔랑귀가 문제였다. 다온이의 말에 솔깃해서는 이렇게 말해 버렸지 뭔가.

"그, 그런가?"

"그렇죠. 한봄도 언니에게 관심 있다에 저는 백 프로 걸게요. 언니가 참 매력 있는 여자거든."

그래도 그 말에는 수긍할 수 없었다.

"기분 좋으라고 하는 말인 거 다 알아. 누가 나 같은 여자를 좋아해? 나 이젠 XL 사이즈 옷도 안 맞아. XXL 입게 될 판이라고. 매력은 무슨……."

헛웃음이 나왔다. 현실 자각 타임이다.

하지만 다온이는 발끈했다.

"그게 무슨 상관이에요? L든 XL든 뭐가 중요해요! 언니 마음이 얼마나 넓고 포근한데요. 따뜻하고 멋진 사람이라고요. 분명히 한봄은 언니 몸이 아니라 마음을 보는 사람일 거예요."

빈말이라도 고마웠다.

그래도 내 처지는 내가 잘 안다.

"고백은 무슨……. 그런 거 안 해. 자신 없어."

나는 고개를 절레절레 저었다.

다온이도 한풀 꺾인 듯 낮게 숨을 뱉어 냈다.

"음…… 자신이 없으면 할 수 없죠. 뭐."

그러더니 힘없이 말했다.

"사실은 지금 저도 자신이 없어요."

"응? 무슨 소리야? 무슨 자신?"

"언니, 저 예고에 온 거, 잘한 걸까요? 정말 재능이 있는 걸까요?"

다온이의 표정이 심각해졌다. 요즘 실기 시간에 선생님으로부터 맨날 까인다고 한숨을 내쉬곤 하더니 자신감이 많이 떨어졌나 보다.

"왜 그래? 너답지 않게?"

"연기만 잘하면 대학도 가고 데뷔도 하고 그런 줄 알

앉거든요. 그런데 아닌 거야. 예뻐야 되더라고요. 마르고 예쁜 애들 보면 짜증 나! 걔들은 먹어도 살도 안 쪄! 씨! 정말 짜증 나!"

여기선 나도 동감!

"뭐? 먹어도 살이 안 쪄? 정말 짜증 나네! 너무 불공평하잖아!"

"그죠? 그런 의미로 오늘 야식 주제는 짜증! 언니, 짜증을 한 방에 날려 줄 맛있는 거 만들어 먹어요."

"좋아! 오이비빔국수 맵게 해서 먹자. 스트레스 확 풀리게!"

"칠리새우도요! 매운맛은 스트레스 해소에도 굿! 짜증아, 스트레스야, 물러가라! 매운 건 살 안 쪄!"

잎사귀 파도

그날부터 나의 고민이 시작되었다.

고백을 해도 되나? 해야 하나? 아니! 아니! 안 돼!

나뭇가지를 들고 잎을 하나씩 떼어 내며 점을 쳐 보는 내가 한심하기만 했다.

"고백한다! 안 한다! 한다! 안 한다! 한다!"

앞서 걸어가는 한봄을 보면서도 그 등에 그려진 꽃잎을 셌다.

'썸이다! 아니다! 썸이다! 아니다! 썸이다!'

아침엔 바나나를 칼로 썰다가 바나나 조각을 세기까지 했다.

"좋아한다! 안 한다! 좋아한다! 안 한다! 좋아한다!"

잎새달에서도 멍하니 잎사귀를 셌다.

우리 가게 맞은편 아파트 입구엔 거대한 굴참나무 한 그루가 떡하니 버티고 서 있다. 250년이나 그 자리를 지키고 있어서 마을의 상징과도 같은 나무이고, 계절마다 최고의 광경을 보여 주는 마을의 보물이다.

봄이면 오래된 나무에서 파릇파릇 올라오는 새순은 꽁꽁 얼었던 마을에 생기를 불어넣기에 충분하다.

여름이면 푸른 잎사귀들이 물결을 이루며 바람이 지나가는 소리에 맞춰 파도처럼 출렁이는데, 그걸 보는 것만으로도 마음은 시원한 바다가 된다.

가을은 말해 뭐 하나. 풍성한 도토리를 가득 품고서는 툭툭! 모두가 잠든 밤에 한 알, 두 알 떨구어 내는 광경에 취하다 보면 이보다 깊은 가을은 없지 싶다.

겨울엔 눈꽃이 소복하게 쌓인 가지만으로도 마을을 환하게 밝혀 주는 게 바로 굴참나무다.

오늘도 푸른 잎사귀들이 싱그러운 바람에 설레며 출렁인다.

"안 한다! 한다! 안 한다! 한다!"

한참 중얼대다 흠칫 놀라고 말았다.

출렁출렁, 푸른 잎사귀 파도 아래로 우르르 몰려나오는 한 무리의 사람이 보여서였다. 아파트 주부들이었다. 남편이 출근하고 아이들이 등교한 뒤, 아침상을 느긋하게 치우고 청소까지 마치고 나면 찾아오는 즐거운 커피 타임!

이 시간이면 다섯 명의 주부가 하는 모임인 '꽃밭'의 멤버들이 우리 가게를 찾는다. 모두 꽃을 좋아해서 모임 이름이 꽃밭이란다. 가게 내부의 테이블 하나는 꽃밭을 위한 전용석이 된 지 오래되었다.

수아도 그들을 알아보고는 잽싸게 컵을 내놓았다. 꽃밭 멤버들이 시키는 메뉴는 한결같았다.

"아이스아메리카노 세 잔, 라테 한 잔, 바나나주스 한 잔!"

수아가 잽싸게 주스를 만들어 컵에 담은 후 커피를 만들었다.

덕분에 멤버들이 도착하자마자 테이블 위에 커피와 주스가 놓일 수 있었다.

하하, 호호, 멤버들의 수다 소리가 가게 안을 가득 채

왔다. 매일 하는 남편 얘기, 애들 얘기, 꽃 얘기인데도 어떻게 저렇게 매번 흥겹고 즐거울까?

앞으로 40분은 족히 이야기가 이어질 것이고, 수아와 난 좋든 싫든 그 이야기를 들어야 한다.

질릴 만도 한데, 매일 듣는 그 수다가 싫지 않다는 게 이상했다. 때론 어제 들은 이야기가 그대로 복사된 듯 들려올 때도 있는데, 달라진 목소리 톤처럼 그조차 다르게 들린다는 거다. 무시하고 듣지 말아야지 하면서도, 어느새 조리실에서 귀를 쫑긋 세우고 듣는 나를 발견하고선 놀라곤 했다.

희한한 일이다. 정말이지 우리나라 아줌마들의 이야기 솜씨는 놀라울 뿐이다.

오늘도 그들 중 말솜씨가 가장 탁월한 이가 풀어놓는 젊은 시절 연애사를 듣다 보니 한봄 생각에서 잠시 벗어날 수 있었다.

아예 넋을 놓고서 "어머! 정말요?" 하며 대거리까지 하며 듣던 수아가 문득 조리실로 고개를 들이밀며 속삭였다.

"언니, 혹시 저분들 중 한 명이 아닐까요? 그 댓글?"

아직도 탐정 놀이 중인 모양이었다.

하지만 그건 절대 아니다.

"저분들이 댓글을 달고서 말을 하지 않는다고? 그건 불가능해."

내 말에 수아가 풋 터지는 웃음을 손으로 막으며 말했다.

"맞다! 말하고 싶어서 가만히 못 있죠. 언니 말이 맞아!"

손등으로 입가에 달린 웃음을 쓱 닦아 낸 수아가 손으로 다른 테이블을 가리킨 건 그때였다.

"저 헤드셋 아저씨는 정말 아니겠죠?"

꽃밭 멤버들에게 양보하고 남은 간이 의자에 앉아 커피와 스콘을 먹고 있는 남자 손님이었다.

40대는 되어 보이는 그는 문득문득 가게로 들어와 커피와 디저트를 먹고 간다. 늘 머리에 헤드셋을 쓴 채로 들어오기 때문에 수아는 헤드셋 아저씨라고 부른다.

음악 듣는 걸 즐기는지 매번 그렇게 나타나서 커피를 마시며 한 시간 정도 음악을 듣다가 가곤 하는데, 오는 시간도 시키는 메뉴도 일정치가 않았다.

하지만 그도 도토리34로 보기엔 무리가 있었다.

"우리랑도 말을 섞기 싫은지 귀에 헤드셋을 쓰고 다니는 사람인걸. 그건 말 걸지 말란 거잖아. 메뉴도 손으로 가리킨다며. 그런 사람이 리뷰를 쓴다고?"

"그죠?"

수아는 고개를 끄덕끄덕했다. 그러다 문득 빙그레 미소를 지으며 중얼거렸다.

"그래도 궁금하더라. 저 아저씨가 듣는 건 어떤 음악일까?"

나도 궁금하다. 내가 고백을 하면 한봄은 어떤 표정을 지을까?

실패의 터널

너무 고민해서 그런가, 입맛도 딱 떨어졌다.

헉! 체중계 숫자가?

76킬로그램!

4킬로그램이 빠졌다. 1년 만에 보는 숫자였다. 체중계가 고장 난 건 아니었던 거다.

"헉! 우와!"

기쁨의 환호성이 터졌다.

문득 예전에 어디선가 들었던 말이 떠올랐다.

'일어나기 힘들 땐, 일어나기 싫다는 생각이 들기 전에 일단 몸을 일으켜라.'

생각하기 전에 행동하라는 거였다.

말은 참 웃기다.

어릴 때는 '행동하기 전에 생각해'라고 배웠던 것 같은데 말이다.

그렇게 생각만 하는 어른이 되어 버린 나에게 여러모로 도움이 되는 말이다.

그래! 다른 생각이 들기 전에 행동을 하는 거다.

뭐 어쩌라고. 그냥 해. 고(go)!

고백을 하기로 마음을 굳힌 첫날,

운동을 끝내고 한봄과 나란히 의자에 걸터앉은 순간, 감이 왔다.

'지금이다!'

하지만 그게 쉬운가.

첫날!

"한봄 씨, 저…… 저……."

"저녁 먹었냐고요? 당연하죠."

실패!

둘째 날!

그는 놀이터에 나타나지 않았다.

'썸이다! 아니다! 썸이다! 아니다!'

실패!

셋째 날!

"여기서 뭐 해요?"

"으악!"

실패!

너무 당황해서 심장이 몸 밖으로 튀어나오는 줄 알았다. 난 카페로 바로 못 가고 집으로 달려왔다.

"그 친구는 왜 그렇게 자주 오는 거야? 맨날 와. 영혼의 반쪽이야, 뭐야?"

괜스레 짜증을 쏟아냈다.

이럴 땐 매운 음식이 최고다. 소면을 한 움큼 집어 삶고 큰 볼을 꺼내어 국수를 비볐다.

다온이와 먹었던 오이비빔국수 생각이 간절했다.

금세 비빔국수가 준비됐다. 고춧가루를 푹푹 퍼서 더 넣고는 한입 후룩 삼켰다.

맛있다! 탁 쏘는 매운맛에 스트레스가 휘리릭 날아가는 기분이었다.

후룩! 후룩! 연이어 삼켰다.

금세 드러난 바닥! 점심도 저녁도 아닌, 정체불명의 식사. 끼니를 줄여야 할 판에 한 끼를 더 먹었다. 화가 났다. 불안한 마음에 체중계 위에 올라섰다.

"매운 건 살 안 쪄! 괜찮을 거야!"

살이 안 찌긴 뭘 안 쪄!

오늘 저녁은 굶어야 한다. 내일 아침도 굶을 거다.

열이 머리 꼭대기까지 올랐다. 이판사판이다. 아무 맥락도 근거도 없는 용기가 불쑥 솟았다.

"그래! 고백이나 해 보지, 뭐. 고백이 죄는 아니잖아."

어떤 고백

디데이! 오늘 밤이다!

다른 날과 달리 9시 30분에 퇴근해서 집에 왔다. 약간의 준비가 필요해서였다.

가장 맘에 드는 운동복을 골라 입었다. 운동복을 신경 써서 골라 입기는 처음이었다.

밤이긴 하지만 톤업 크림으로 피부 결을 다듬고 틴트도 발랐다. 이 정도면 노력이 가상하다며 하늘이 돕지 않을까?

'이제 됐어!'

입술을 꽉 물며 호기롭게 문을 나섰다. 그러다 불현듯 걸음을 뚝!

"캑!"

목이 바싹 마르며 눈앞이 아찔해서였다.

부엌으로 가서 블렌더를 꺼냈다. 시원한 주스라도 마셔야 할 것 같았다. 시중에서 판매하는 과일주스는 설탕 범벅! 다이어트에는 최고의 적이다. 칼로리는 낮고 식이 섬유는 많은 과일이나 채소로 직접 주스를 만들어 먹는 습관을 들였다. 오늘 같은 날은 달콤하지만 저칼로리 과일인 망고가 딱이다.

미리 손질해서 깍두기 크기로 잘라 냉동실에 넣어둔 냉동 망고를 꺼내 망고 스무디를 만들기 시작했다.

냉동 망고 몇 조각과 우유 반 잔을 블렌더에 넣고 갈았다. 윙! 윙! 윙!

사각사각, 시원하게 잘 갈렸다.

유리컵에 따른 뒤, 벌컥! 벌컥! 단숨에 다 들이켜 버렸다. 캬아! 속이 시원해지며 가슴이 뻥 뚫렸다.

내친김에 토마토도 하나 꺼냈다. 적당히 썰어서 블렌더에 넣고 우유 반 컵과 얼음 다섯 조각, 그리고 소금을 조금, 아주 조금만 톡톡 넣어 또 갈아 버렸다. 윙! 윙! 윙!

하아! 싱그런 토마토 향이 목구멍을 지나 가슴속까지 시원하게 넘어갔다. 기분이 향긋해졌다.

이 정도면 충분하다. 용기 충전!

"가자!"

놀이터로 향했다.

저기, 한봄이 보였다. 내가 열심히 주스를 만들어 들이켜는 사이 그가 먼저 온 거였다.

쿵! 가슴에서 뭔가가 발등으로 뚝 떨어졌다. 호기롭게 가던 발걸음이 무거워졌다.

갑자기 어디선가 "하지 마"라고 말하는 것 같았다. 다 해 봤으면서, 다 알면서 왜 또 그러냐고 하는 것 같았다.

"잎새달 씨!"

나를 알아본 한봄이 소리치며 오른손을 흔들었다. 환한 미소가 여전히 고왔다.

그의 미소에는 이상한 힘이 있다. 조용한 내 기분을 들뜨게 만들고, 꽁꽁 닫아걸었던 마음을 덜컥 열게 만든다. 과거에 갇혀 사는 나에게 이제 그만 거기서 나오라고 손짓하는 것만 같다.

쪼르르 달려가 그의 뒤를 바싹 따라 걸었다. 빠르게 걷던 그도 내 속도에 맞춰 걸음을 늦추었다.

"좀 늦었네요? 웬일인가 걱정했어요."

내 걱정을 했단다. 용기가 또 솟아났다.

"아…… 퇴근이 조금 늦었어요. 매장에 있는 기계에 문제가 좀 생겨서요."

거짓말도 잘했다.

"커피 내리는 기계요? 오! 그럼 큰일이죠. 잘 고쳤어요?"

"네."

대화가 뚝 끊겼다. 그가 멋쩍은 듯 미소를 지었다.

순간 본능적인 느낌이 왔다. 지금이다! 고백하기엔 지금이 최고의 타이밍이다. 꿀꺽! 마른침을 삼킨 뒤 나지막이 말을 걸었다.

"한봄 씨, 궁금한 게 있는데요?"

"뭔데요?"

"저…… 저……."

시작이 쉽지 않았다. 준비한 말이 입안에 갇혀 나오질 않았다.

"말씀하세요. 뭐가 궁금한데요?"

그가 특유의 어여쁜 미소를 날리며 한발 가까이 다가왔다. 그의 미소가 내 마음을 무장 해제 시켜 버렸다.

"저…… 저를 어떻게 생각하세요?"

"예? 그게 무슨……."

에라 모르겠다. 눈을 질끈 감으며 소리쳤다.

"저…… 저는 한봄 씨 생각이 자꾸 나요."

"……."

지금 무슨 말을 한 걸까? 눈을 뜰 수가 없었다. 그렇다고 여기서 멈추면 더 이상하겠지?

"한…… 한봄 씨를 좋아하는 것 같아요."

"……."

으의! 그의 목소리가 들리지 않았다. 가슴이 쿵 내려앉았다.

눈을 더 질끈 감아 버렸다.

"……."

여전히 아무 말도 들리지 않았다. 놀이터를 빙빙 도는 바람 소리만 시원했다.

아, 느껴 본 기분이다. 내가 아는 기분이다, 이거.

'가 버렸나?'

불안한 마음에 눈을 살포시 떠 보는데, 헉! 그가 내 앞에 우뚝 서 있었다. 그의 표정이 돌처럼 굳어 있었다. 딸꾹! 딸꾹질이 나와 버렸다.

후다닥 뒷걸음쳤다. 그의 얼굴에 당황한 기색이 역력했다. 내 눈과 마주친 순간, 그가 먼저 눈길을 뚝 떨구었다. 처음 있는 일이었다. 고개를 떨군 그가 낮은 음성으로 중얼거렸다.

"아…… 저도 잎새달 씨 좋아하죠. 잎새달 씨, 멋져요. 하루도 빠짐없이 운동하는 것만 봐도 어떤 사람인지 알 것 같거든요. 한결같고 믿음직한 사람이란 거."

한결같고 믿음직한 사람이라고?

순간, 등줄기로 진땀이 주르륵 흘렀다. 한봄의 입에서 나올 다음 말을 알 것 같았다.

"아주 좋은 사람이고, 좋은 친구라고 생각해요. 그렇지만……."

역시 그렇구나. 내 착각이었어.

순간, 지난 내 고백 장면들이 영상처럼 눈앞에 펼쳐졌다. 그 뒤를 따라오던 냉소적인 소문과 쑥덕거림이 귓가를 뱅뱅 돌았다.

속이 메슥메슥해졌다. 머리가 핑 돌며 어지러웠다.

여기에 더 있다간 쓰러질 것만 같았다.

이번에도 착각이었던 거다. 나 혼자만의 마음이었던 거다.

창피했다. 두 볼이 화끈거렸다.

"그, 그럼 저는 먼저……."

나는 도망치듯 놀이터를 빠져나왔다.

"잎새달 씨! 잠깐, 잠깐만요!"

그의 목소리가 뒤쫓아 왔다. 창피했다. 내 발걸음이

빨라졌다. 그의 목소리는 점점 멀어졌다. 어서 여기를 벗어나야 했다.

어디로 가는지도 모른 채 정신없이 걸었다. 정신을 차려 보니 카페 앞이었다. 닫힌 문 앞에 털썩 주저앉았다.

'내가 지금 무슨 짓을 한 거야?'

주먹을 움켜잡고 가슴을 펑펑 쳤다.

두 볼이 화끈거렸다. 눈물이 흐르고 있었다. 지난 고백의 날들처럼 오늘도 눈물을 한 바가지는 흘려야 할 모양이었다.

생각지 못한 일

103동 아파트 건물을 돌고 또 돌았다. 103동은 내가 사는 곳이다. 이대로 올라가면 복도에서 나를 기다리는 다온이를 만나게 되겠지? 초라한 모습을 보이고 싶진 않았다.

어쩔 수 없이 건물을 뱅뱅 돌고 또 돌았다.

일곱 바퀴쯤 돌았을 때 문득 이런 생각이 들었다.

'이젠 한봄을 볼 수 없겠지?'

이렇게 차이고도 어떻게 맨정신으로 그를 만난단 말인가.

눈물이 또 왈칵 나왔다. 한봄의 고운 미소가 떠올랐다. 보고 싶었다.

'지금이라도 돌이켜 볼까? 그래! 농담이었다고 하면

되잖아.'

꼼수가 떠올랐다. 농담이었다고 둘러대면 친구론 남을 수 있잖은가. 그럼 그를 계속 볼 수 있는 거다.

'그래! 그래! 그럼 돼.'

당혹스런 이 상황을 벗어날 방법은 그것뿐이란 생각이 들었다. 제정신이 아니었다.

발걸음을 돌려 107동을 향해 달려갔다.

'107동 701호라고 했지?'

예전에 한봄이 집 호수를 말하면서 거꾸로 하면 외우기 쉽다고 했던 게 생각났다. 사실 무슨 정신으로 거기까지 갔는지도 모르겠다. 무슨 생각으로 달려간 걸까?

이대로 한봄을 잃고 싶지 않다는 마음뿐이었던 것 같다.

가까운 곳이라 금세 107동 건물 앞에 닿았다. 고개를 쳐들어 보았다. 701호, 불빛이 환했다.

엘리베이터 불빛이 30층에서 반짝였다. 내 옆으로 누군가 다가와 섰다. 어린아이와 엄마였다. 눈물 때문에 벌겋게 충혈된 눈, 그래서 더 부어오른 얼굴……. 그러잖아도 다른 이보다 반쯤 더 큰 몸으로 따가운 시선을 받는데, 이대로 같이 엘리베이터에 올랐다간 사방의 거울을 통해 힐끔거리는 두 사람의 시선을 실시간으로 느끼게 될 것만 같았다.

발길을 돌려 계단을 오르기 시작했다.

"헉! 헉! 헉!"

5층에서 벌써 숨이 턱까지 차올랐다. 다시 한 번 깨달았다. 정말 살을 빼야겠다고.

6층! 아! 한 층만 더 오르면 된다.

701호 문이 막 보이는 참이었다.

"어?"

문 앞으로 보이는 누군가의 등! 남자였다.

한봄인가? 그런데 한봄이라기엔 키가 컸다. 누구지? 숨소리를 삼키고 발걸음을 조심조심해 다음 계단을 올랐다. 어? 그는 혼자가 아니었다. 맞은편에 마주 선 누군가가 그를 안았나 보았다. 등을 감은 손이 보였다.

데이트 장면인가? 한봄은 아니니, 맞은편 집에 사는

사람인 걸까?

'곧 집으로 들어가겠지?'

발걸음을 멈추고 기다려 보기로 했다. 그런데 문소리는 들리지 않고, 남자의 목소리가 들려왔다.

"도망갈 생각만 하잖아."

키 큰 남자가 등에 감긴 팔에서 벗어나며 강한 어조로 소리쳤다. 여자 친구와 사랑싸움이라도 하나 보았다.

이번엔 상대편이 다급히 대꾸했다.

"아냐, 도망가려는 거 아냐. 그냥 힘들다는 말을 하는 거야. 난 그냥……."

어? 이상하다. 여자 목소리가 아니었다. 그건 분명 남자 목소리였다.

'남자?'

나도 몰래 흠칫 놀라, 입에서 나오려는 탄성을 손등으로 간신히 틀어막았다.

사실 동성애에 대해 진지하게 생각을 해 본 적이 없었다. 그저 남의 일이려니 생각해서였을 거다. 그렇다고 부정적인 생각을 가진 적도 없었다. 그건 그냥 성별이 같은 사랑일 뿐이니.

상대방 남자의 목소리가 다시 들렸다.

"정말이야. 도망가려는 거 아니야."

순간, 가슴에서 뭔가가 쿵 소리를 내며 떨어졌다.

'설, 설마?'

아는 목소리였다. 내 머릿속을 채우던 그 목소리가 맞았다.

'한, 한봄?'

벌렁거리는 가슴을 간신히 부여잡고서 한 계단을 더 올라갔다.

'설마? 아니겠지?'

하지만 고개를 들어 문을 쳐다본 순간, 너무 놀라 비명을 지를 뻔했다.

키 큰 남자의 등을 두른 팔은 한봄의 것이었다. 한봄이 상대를 애절한 눈빛으로 바라보고 있었다. 돌아서려던 남자가 한봄을 안았다. 그 순간 난 남자의 얼굴도 보고 말았다.

‘정성우?’

정성우가 한봄을 안으며 그의 입술에 키스를 했다.

놀란 난 다리 힘이 쭉 빠져 버렸다. 아래 계단으로 뒷걸음치면서 비틀! 허우적거리는 내 팔이 난간을 잡으며 철컹! 소리를 냈다.

그 소리에 한봄이 계단을 보았고, 순간 내 눈과 그의 눈이 딱 마주치고 말았다.

“헉!”

망했다.

어떻게 계단을 내려왔는지 모른다. 허둥지둥 정신없이 달렸다.

생각지도 못한 장면을 본 탓인지, 아무 생각도 나지 않았다.

‘꿈인가?’

내 볼을 꼬집어 보고 싶을 정도였다.

하지만 그럴 필요도 없었다.

“언니!”

엘리베이터에서 내리는데 다온이가 반갑게 소리쳤다.

"어? 아, 아직 안 갔어?"

"언니 보고 가려고 기다렸죠. 근데 왜 이렇게 늦었어요? 지금까지 어디서 뭐 한 거야?"

딸 걱정하는 엄마 말투였다. 다가온 다온이의 눈이 동그래졌다.

"언니, 왜 그래? 넋이 나갔네. 뭔 일이야?"

"……."

"언니, 한봄한테 고백했구나? 그죠?"

눈치 백 단이다.

"뭐야? 차인 거야? 그래서 이 모양이 된 거예요? 와! 한봄, 그 자식! 대체 우리 언니한테 뭐라고 한 거야? 안 되겠네. 내가 가서 확!"

이 애부터 말려야겠다.

"아냐! 그런 거 아냐."

"그럼 뭔데? 고백도 못 한 거야, 오늘도?"

"고백은…… 고백은 했지."

“그래서? 한봄도 언니 좋대?”

다온이가 너무 볶아치는 통에 정신이 하나도 없었다. 뭔 말을 하는 건지도 모른 채 입을 나불대고 있었다.

“응, 좋대. 아니! 그게 아니고.”

“좋대? 그럼 사귀는 거야?”

“아니! 그런 게 아니라고.”

“뭐야? 좋은데 못 사귄대? 여자가 있는 거야? 누구래?”

“아니, 여자가 아니고…….”

앗! 지금 내가 무슨 소리를 하려는 건가. 화들짝 놀라 입술을 꽉 물어 버렸다.

하지만 눈치 백 단 다온이가 아닌가.

“여자가 아니면 뭐, 남자?”

다리 힘이 쭉 빠졌다. 난 그대로 주저앉으며 스르르 쓰러지고 말았다.

“언니! 언니!”

타인의 시선

이마를 덮는 차가운 느낌에 눈을 떴다.

"언니, 괜찮아요?"

다온이가 물수건을 이마에 얹고 있었다. 다온이에게 기대어 비틀비틀 집으로 들어와 소파에 누웠던 것 같다.

"나, 괜찮아. 좀 어지러웠던 거뿐이야."

소파에서 몸을 일으켜 앉았다. 다온이가 가져온 물을 한 잔 들이켰다. 그제야 머릿속이 좀 맑아지는 기분이었다.

"다온아, 아까 그 말은 비밀로……."

"알아요. 한봄 씨가 말하지 않는데, 그런 걸 떠벌리면 안 되죠. 개인적인 일이니까."

"그래."

고개를 끄덕이는 내 모습을 물끄러미 보던 다온이가 불쑥 말했다.

"근데 그 두 사람, 잘 어울리긴 해요. 한봄과 정 코치!"

헉! 대체 이 아인 모르는 게 없다.

"정성우란 걸 어떻게 알았어? 내가 말했어?"

"아뇨. 헬스장에서 정 코치랑 한봄, 몇 번 봤거든요. 제가 촉이 좋잖아요. 혹시나, 했죠. 그래도 사실일 거라고는……."

잘 어울린다고?

그러고 보니 서점에 갔던 날도 창밖으로 보이던 두 사람의 모습이 유난히 다정하고 정겹긴 했다. 그래서 '저 사람, 연애를 할 때도 저렇게 다정하겠지?' 하는 엉뚱한 생각도 했던 것 같다. 뭐, 내 생각이 맞았던 거다. 연애를 할 때면 정말 다정한 사람일 거란 생각이.

"언니, 얼굴이 창백해. 뭔가 좀 기운 나는 걸 먹어야겠어. 내가 뭘 좀 만들어 올게요."

그러지 말라고 말려 봤지만, 다온이는 막무가내였다. 부엌으로 가더니 이리저리 둘러보다 마주한 조리대 광경에 "하아!" 낮은 탄식을 뱉어 냈다.

오븐, 에어프라이어, 매셔, 블렌더, 주서기, 거품기, 벽에 걸린 갖가지 조리 기구에 칼과 가위, 볼, 조리용 망치, 밀대까지. 그야말로 난장판이었다.

오늘 아침, 거품기를 찾다가 이것저것 끄집어낸 도구들이었다. 그동안 마련한 요리 도구들이라 수량만 해도 엄청났다.

조리대 광경에 질려 버린 다온이가 구석에서 발견한 사과 한 알을 집어 들고 돌아왔다.

반으로 뚝 쪼갠 사과를 한 입 깨물며 다온이는 또 엉뚱한 말을 했다.

"근데 언니, 그래도 다른 여자가 있는 것보다는 낫지 않아요?"

"뭐가?"

"제가 엄청 좋아하는 아이돌 가수가 있는데요, 여자 연예인이랑 스캔들 나면 아주 죽이고 싶도록 질투가 나거든요. 근데 저번에 남자 배우랑 스캔들이 나니까 기분이 묘하더라고요. 뭐랄까, 남자라면 뭐…… 할 수 없지. 내가 이해하지. 뭐, 이런 기분이랄까. 언니도 그런 거 아닐까 해서요. 아니면 말고!"

이 아이의 엉뚱함은 어디까지인 걸까? 미처 대답할 말을 찾지 못해 어리둥절해 하는 사이,

"이야옹!"

어느새 다가온 도로시 부인이 냉큼 대답을 해 버렸다.

"어머! 도로시! 어디 있었던 거야? 나, 보고 싶어서 나온 거야?"

"이야옹! 야옹!"

다온이와 도로시 부인은 반가워서 난리법석이었다.

심각한 이야기를 하는가 싶더니, 금세 까르르 깔깔 웃어 대는 다온이의 저 단순함!

난 이 아이의 저런 단순함과 명료함이 참 좋다.

문득 이런 생각이 들었다.

만약 한봄과 함께 있던 사람이 여자였다면 어땠을

까?

한봄이 만나는 이가 남자라는 사실에 당황하긴 했지만, 묘한 안도감이 든 것도 사실이었다.

‘다른 여자를 좋아할 일은 없겠네.’

게다가 한봄의 말을 들은 뒤로 밀려드는 감정은 질투심보다는 걱정이었다. 질투심이 들어앉을 자리에 걱정이 자리를 깔고 있었다.

‘그동안 힘들었겠다. 지금 얼마나 힘들까?’

마음 한구석이 짠했다.

그도 타인의 시선에 고통 받고 있지 않았을까. 그를 보던 내 눈빛은 어떤 모양이었을까.

부디 그에게 슬픔을 안겨 준 눈빛이 아니었기를⋯⋯.

나는 안다. 타인의 시선이 주는 아픔이 얼마나 고통스러운지를.

그래서 내게 사실대로 말할 수 없었던 거겠지. 그도 나만큼, 어쩜 나보다 더 아팠던 건 아닐까?

마음먹기

그렇게 한 주가 재빠르게 흘러갔다.

그는 놀이터에 나오지 않았고, 나는 꾸역꾸역 놀이터를 찾았다. 하루도 빠짐없이 그 시간이면 그곳으로 갔다. 그런 나를 향해 다온이는 엄지손가락을 치켜들었다.

"언니, 멋져! 난 이런 언니가 최고라고 생각해. 정말 믿음이 간다니까."

그래. 나도 이런 상황에서도 놀이터로 향하는 내 발걸음이 정말 대단하다고 생각해. 징글징글하게 대단해. 도대체 왜 난 그곳을 매일 찾아가는 걸까?

그러기를 일주일! 바로 그날, 다온이가 말했다.

"근데 언니, 이대로 안 만날 건 아니죠?"

사실 혼란스러웠다.

"어떡할까?"

"언니는 어떤데요? 한봄 씨, 이젠 다시 보고 싶지 않아요? 고백했다가 차여서 정이 딱 떨어지고, 뭐 그런 거예요?"

나는 손사래를 쳤다.

"아냐! 그런 거 아냐! 난 한봄, 좋아."

그랬다. 난 여전히 한봄이 좋았다. 내 눈을 마주 보아 주고 웃어 준 사람! 나를 친구로 대해 준 이였다. 그런 한봄을 이렇게 어처구니없이 놓치고 싶지는 않았다.

"그럼 언니가 먼저 가서 말을 걸어 보는 건 어때요? 한봄 씨가 먼저 말을 걸진 못할 거예요. 언니가 어떤 생각을 가졌는지 한봄 씨는 모르잖아요. 동성애자라고 하면 벌레처럼 징그러워 하는 사람도 있으니까. 언니도 그런 사람일까 봐, 그런 시선으로 자신을 보는 사람일까 봐 두려워하고 있을걸요."

"아냐, 난 그렇지 않아. 내가 어떻게 그래? 타인의 시선이 얼마나 두렵고 끔찍한 것인지, 너무 잘 아는데⋯⋯. 난 여전히 한봄 좋아. 친구인 한봄도 괜찮다고."

다온이는 빙그레 웃었다.

"그럼 됐네. 언니가 먼저 찾아가요."

하지만 그게 어디 쉬운 일인가.

'어떡하지?'

걱정과 고민의 시간이 흐르고 흘렀다.

손님들이 썰물처럼 빠져나간 시간, 가게 의자에 앉아 멍하니 밖을 보았다.

유난히 햇살이 반짝반짝 쏟아지는 오후였다. 건너편 굴참나무 잎사귀들이 햇살을 받아 별처럼 반짝거렸다.

그 앞을 무리 지어 지나가는 여고생들⋯⋯. 까르르 깔깔, 뭐가 그리 재미난지 연신 웃음이었다. 환하게 웃는 얼굴⋯⋯ 싱그러운 미소⋯⋯ 넘치는 웃음소리⋯⋯ 햇살에 견주어도 못지않게 반짝반짝 눈부셨다.

한참 넋을 놓고 보던 난 순간 움찔하고 말았다.

"어? 쟤들 우리 가게로 오려나 봐."

여고생들의 시선이 일제히 가게로 향한 거였다.

난 황급히 조리실로 들어갔고, 여고생들은 우르르 가게로 몰려들었다.

"안녕하세요!"

합창하듯 인사를 하는 여고생들의 모습이 또 눈부시게 싱그러웠다.

"안녕! 오랜만이네요? 오늘부터 수박주스 시작했는데, 마셔 볼래?"

손님들을 들었다 놨다 하는 수아의 말솜씨가 나날이 늘고 있었다. 일취월장이었다.

"네!"

맑은 소리가 가라앉았던 가게 안 공기를 방방 들뜨게 했다.

시원한 수박주스를 받아 든 아이들은 또다시 웃음을 쏟아 내며 썰물처럼 가게를 빠져나갔다.

"안녕히 계세요!"

인사를 잘하기로는 학생들이 최고다. 언제 들어도 즐겁고 반가운 인사다.

그래! 그거다! 인사! 인사를 해야겠다.

다정한 인사

고민은 끝났다. 용기와 실행만 남았다.

오늘 요리의 주제는 '인사'다. 다정한 인사!

처음 만났을 때 한봄이 내게 다정한 인사를 건네 왔듯, 이번엔 내가 그에게 인사를 건네려 한다.

'다정한 인사'라면 역시 밥이 최고다. 밥 한 끼엔 이런 인사를 담을 수 있겠다.

"밥은 먹었어요?" "밥은 먹고 다녀요?"

앞치마와 두건을 두른 뒤 현미곤약밥부터 지었다.

현미와 곤약을 7 대 3 비율로 섞어 밥솥에 앉혔다. 백미 때보다 물을 15프로 정도 적게 넣으면 쫀득한 식감을 더욱 살릴 수 있다.

밥이 지어지는 사이, 반찬을 준비해야 한다.

일단 냉장고 속의 재료들을 모두 꺼내 보았다.

닭가슴살, 두부, 견과류, 양상추, 치커리, 아보카도, 감자…….

다이어트 요리를 위한 재료들뿐이었다. 이걸로는 안 되겠다. 어떤 반찬이 좋을까?

고민 끝에 맞춤한 것이 떠올랐다.

"아! 봄나물 반찬!"

어느덧 초여름. 봄이 끝나가고 있었다. 아쉬운 마음을 담아 봄나물로 반찬을 준비하면 어떨까?

도로시 부인도 찬성하는 눈치였다.

"야옹! 그게 좋겠다옹!"

앞치마를 풀고 황급히 상가 마트로 달려갔다. 마트에선 몇 가지 보이지 않아, 길 건너 재래시장까지 구석구석 뒤졌더니 제법 괜찮은 재료들을 구할 수 있었다. 냉이, 달래, 봄동, 두릅, 취나물에다가 쑥까지 찾아냈다.

이제 제대로 내 요리 솜씨를 발휘할 때다.

자, 넉넉한 냄비에 물을 팔팔 끓여 냉이와 취나물을

데쳐 내는 일부터 시작했다. 데친 나물을 조물조물 양념으로 무쳐 맛을 냈다.

싱싱한 봄동은 전을 부치고, 두릅은 튀김옷을 입혀 살짝 튀겨냈다.

그리고 멸치 육수에 된장을 조금 풀어 끓인 뒤, 쑥과 두부를 퐁당!

향긋한 쑥국을 끓였다.

봄동전과 두릅튀김으로 도시락통 첫 번째 단을 완성하고, 냉이와 달래, 취나물 무침을 조금씩 담았다. 소불고기볶음도 조금 담아 두 번째 단을 완성했다.

마지막 단엔 현미곤약밥을 잘 담은 뒤, 남은 공간엔 쓰고 남은 봄나물 꽁다리들을 죄다 넣어 만든 계란말이를 썰어서 예쁘게 꾸며 보았다.

보온병에 쑥국까지 담아 봄나물 도시락을 완성했다.

옷을 갈아입은 뒤, 도시락을 야무지게 챙기고 서점으로 향했다. 발걸음이 평소 돌아가던 익숙한 골목길로 들어서려 했다.

"아니야!"

급하게 제동을 걸며 발걸음을 돌려 보았다. 익숙하지 않은 도로변 큰길이다. 오늘은 왠지 그렇게 하고 싶었다. 좀 더 당당해지고 싶었다.

또각또각 큰길로 걸어 나갔다. 사람들이 제법 오갔다. 고개가 자연스레 꺾이며 시선이 땅바닥으로 향하려 했다. 꺾이는 목에도 제동을 걸어 보았다. 꼿꼿이 힘을 주어 세우고, 시선을 들어 앞을 보고 걸었다.

살랑살랑 바람이 불었다. 여름으로 가고 있는 늦은 봄바람이었다.

기분이 맑아졌다. 그래! 나는 기분이 좋았다. 한봄을 만나러 간다는 사실만으로도 가슴이 설렜다. 그렇다. 아직 나는 한봄이 좋다. 손에 든 도시락도 신이 난 듯 달랑달랑 춤을 추었다.

의자에 앉아 책을 보는 한봄이 보였다.

문을 열자 풍경이 달랑달랑!

고개를 들던 한봄이 의자에서 벌떡 일어섰다.

"······잎새달 씨!"

반가움과 놀람이 섞인 표정이었다. 나를 보던 한봄의 시선이 금세 내 눈길을 피해 바닥으로 떨어졌다. 지금 한봄은 나의 시선이 두려운 거였다.

이럴 땐 '시침 뚝'이 약이다.

"한봄 씨, 살아 있었네요? 근데 왜 놀이터 안 나와요? 무슨 일인가 걱정이 돼서 왔잖아요. 이렇게 멀쩡한 줄 알았으면 안 와 봐도 될걸."

"아······ 그게······."

당황한 한봄이 말을 버벅거리며 얼굴을 붉혔다.

나는 아무 일 없었다는 듯 그의 앞에 도시락을 내밀었다.

"아픈 줄 알고 도시락 만들어 왔어요. 어쨌든 만든 거니까 먹어 봐요. 볼이 해쓱해요. 밥도 안 먹나 봐. 그래도 밥은 먹으면서 고민을 해야죠."

"나 주려고 만든 거예요?"

"별건 아니고, 봄나물을 좀 무쳐 봤어요. 향은 좋으니까 이따가 집에 가져가서 드세요. 고민은 그만하고요."

“……..”

침묵이 흘렀다. 어색했다. 뭐라도 해야 할 것 같았다. 준비했던 말을 느닷없이 뱉어 버렸다.

“우리 친구 해요. 진짜 친구.”

“잎새달 씨……..”

그의 목소리가 떨렸다. 그제야 그가 내 눈을 바로 보았다.

떨리는 목소리엔 아직 물기가 촉촉하게 묻어 있었다. 그동안 많이 슬펐던 거다.

“저랑 친구…… 할 수 있어요?”

“왜 못 해요?”

난 마른침을 꿀꺽 삼킨 뒤 입술을 삐죽거리며 투덜거렸다.

“뭐, 사실 질투 나죠. 속상하기도 하고. 내가 아니라 정성우 씨라니까. 근데 어쩌겠어요? 한봄 씨 마음이 그런걸.”

난데없이 그런 농담도 해 버렸다.

“근데 후회 안 해요? 나 진짜 되게 괜찮은 사람인

데?"

가끔 실없는 소리는 분위기에 도움이 되기도 하지.

하지만 부끄러움이 막 밀려오는 참이었다.

"……후회하겠죠, 당연히! 아, 벌써 후회가 되려고 그러네."

손등으로 콧등을 훔치며 그가 크게 웃었다. 오랜만에 보는 한봄의 미소였다.

한봄은 도시락을 펼치며 입맛도 다셨다.

"와! 이걸 다 직접 만든 거예요? 대단하다!"

"집에 가져가서 드세요."

"괜찮아요. 지금 먹을래요. 손님 없는 시간이거든요. 배고파요."

한봄은 두릅튀김부터 집어 먹었다. 살캉! 입속에서 두릅이 맛있게 씹히는 소리가 났다.

"오! 너무 맛있어요."

한봄은 맛있다는 감탄사를 연발하며 음식을 차례차례 깨끗이 먹어 치웠다.

"며칠간 물도 안 넘어갔는데, 오늘은 정말 제대로 된

밥을 먹었어요. 이제야 좀 힘이 나네요. 고마워요."

그리고 그 힘으로 말하기 어려운 속마음을 보여 주었다.

"먼저 말하지 못해서 미안해요. 잎새달 씨에게 말해야 한다고 생각은 하면서도…… 용기가 나질 않았어요. 상처를 많이 받았거든요. 친구들도 사실을 알고 나면 자연스럽게 멀어졌죠. ……잎새달 씨에게도 그런 취급을 받을까 봐 두려웠나 봐요. 그런 사람이 아니란 걸 알면서도……."

그의 목소리는 어느 때보다 진지했다.

"사실은 처음 잎새달 씨 봤을 때 느껴졌어요. 이 사람도 타인의 시선이 두렵구나. 겁에 질려 있구나. 나랑 비슷한 사람이구나……. 그래서 친해지고 싶었나 봐요. 매일 같은 시간에 나와서 운동을 하는 모습이 참 인상적이었어요. 이 사람은 나보다 훨씬 강한 사람이구나, 생각했죠. 전 나약해요. 늘 숨기고, 도망치죠. 그래서 성우에게 상처만 주고요. 그날도 제가 성우 마음을 아프게 해서……."

그는 그렇게 한참이나 자신의 이야기를 들려주었고, 나는 가만히 앉아 그의 이야기를 들어 주었다. 그의 애기를 들으며 생각했다.

'오길 잘했어. 역시 한봄은 좋은 사람이야. 멋진 사람이야. 이 사람과 친구가 될 수 있어서 다행이야.'

시간은 좀 걸릴 거다. 그의 미소를 온전히 친구로 바라보려면.

그래도 그 시간은 반드시 올 거라 확신했다.

그러니 오늘은 다정한 인사를 건네는 날! 친구가 되는 첫인사다.

반가워, 한봄!

타인의 또 다른 시선

생각해 본다. 시선에 대해서.

어쩜 나는 한 가지 시선으로만 타인을 보아 왔던 게 아닐까.

다온이는 내가 멋지다고 했다. 한봄도 그랬다.

하지만 난 그 말을 받아들이지 못했다.

'듣기 좋으라고 하는 말이지, 뭐.'

그들의 말을 왜곡하고 외면했다.

나를 향한 그들의 진심 어린 시선은 보지 못하고 있었던 거다.

지금까지 살아오면서 내 주변에도 나를 진심으로 걱정하고 좋아해 주는 친구와 동료가 있었을 것이다. 그런데 난 그들의 배려를 왜곡하며 불편해 했던 거 같다.

'나는 뚱뚱해! 그러니 그들은 나를 싫어할 거야!'

내게 보내는 경멸의 시선만을 진짜라고 믿었던 것인지도 모른다. 그 시선이 두렵고 원망스러우면서도 말이다.

나를 향한 호감 어린 시선을 그동안 나 스스로 거부하며 살았던 건 아닐까?

한봄이 남자를 좋아한단 걸 알았지만, 그렇다고 그가 싫거나 이상하게 느껴지지 않았다.

오히려 그의 아픔을 이해할 수 있어 더 친근해진 느낌이었다. 친구로서 그가 더 좋아졌다.

나를 보는 누군가도 어쩌면 그런 시선이지 않을까?

나를 뚱뚱한 몸속에 가둔 것은 어쩌면 타인의 시선이 아닐지도 모른다.

나 자신일지도.

모두의 사정

수아가 기막힌 아이디어를 냈다.

"커피 쿠폰, 어때요? 도토리34 님에게 선물하는 거죠."

그럴듯했다. 그럼 그 쿠폰을 사용하는 사람이 도토리34 님일 테니.

수아는 도토리34의 리뷰 아래에 '리뷰 감사 쿠폰'을 선물했고, 그날부터 쿠폰의 주인공을 기다렸다.

그 뒤로도 도토리34는 리뷰를 두 번 더 올렸다. 여전히 감상문을 쓰듯 정성이 가득한 리뷰였고, 그 섬세함과 정성에 수아와 나는 감동했다. 물론 쿠폰에 대한 반응은 여전히 없었지만.

"누굴까요? 진짜 궁금해."

하지만 아무리 기다려도 쿠폰을 내놓는 사람은 없었다. 기다리던 수아와 난 점점 맥이 빠졌다.

"우리가 너무 순진했어. 이렇게 정체를 드러낼 사람이라면 진즉에 우리 앞에 모습을 보여 줬겠지."

"정체를 드러내고 싶지 않은가 봐요, 도토리34 님은. 뭐…… 그렇다면 할 수 없죠."

그제야 수아도 도토리34를 향한 호기심을 접는 눈치였다. 더 이상 탐정 놀이도 하지 않는 듯 보였다.

하지만 그건 나의 착각에 불과했다.

바로 오늘 아침, 수아가 도토리34를 찾아낸 거다.

"저 사람, 헤드셋 남자예요. 틀림없어요!"

수아가 조리실 안으로 고개를 들이밀며 소곤거렸다.

헤드셋 남자는 오늘도 구석진 테이블 자리에서 음악을 듣고 있었다. 테이블 위엔 반쯤 마신 커피와 한 입 맛본 대파 맛 스콘이 보였다.

맥락이 전혀 없는 수아의 추리에 난 한숨을 뱉었다.

"무슨 소리야, 뜬금없이?"

하지만 수아의 눈빛은 예리하게 반짝였고, 목소리는

어느 때보다 진중했다.

"언니, 저 사람요, 음악 듣는 거 아니에요. 헤드셋은 그냥 쓰고만 있는 거라고요."

"뭐? 그걸 네가 어떻게 알아?"

"그저께도 저 자리에서 커피를 마셨는데, 어떤 손님이 커피를 기다리면서 '아, 햇살이 너무 좋다' 그랬거든요. 그러자 그 순간 고개를 돌려 창밖을 봤어요. 그때 저와 눈이 딱 마주쳤는데, 흠칫 놀라더라고요. 뜨끔했던 거죠."

"에이! 그거야 우연히 그렇게 된 걸 수도 있지."

"아니라니까요. 일주일 전인가? 그날은 길고양이가 가게 앞을 지나가는 걸 보고 제가 '야옹아! 이리 와!' 했거든요. 그때도 힐끔 고개를 들면서 고양이를 봤다니까요. 음악 안 듣는 거 확실해요."

그렇다 하더라도 그것이 리뷰와 무슨 관련이 있다는 걸까? 고개를 갸웃거리는 나를 향해 수아는 그간의 추리 과정을 쏟아 냈다.

"이상하잖아요. 소리가 나지 않는 헤드셋을 쓰고, 매

번 저렇게 오래 앉아 있다 가는 게. 근데 저 행동이 어쩐지 반응 없는 리뷰를 쓰는 도토리34와 비슷한 것 같지 않아요?"

"글쎄?"

"아이, 비슷하다니까요. 그래서 제가 그동안 올라온 리뷰를 날짜별로 체크해서 그날의 기억을 되살려 봤는데…… 헉! 딱 맞아떨어지는 거 있죠."

"뭐가?"

"토마토주스 리뷰가 올라온 날도, 딸기 생크림 샌드위치 리뷰가 올라온 날도 그 전날쯤 저 헤드셋이 다녀갔고, 분명 그 디저트와 음료를 마셨거든요. 다른 두 개의 리뷰도 그렇고요. 언니, 제가 단골손님들이 시킨 메뉴 잘 기억하는 거 알죠?"

"그건 그런데……."

아리송했다. 사건의 연관 관계도 아리송하고, 헤드셋 남자가 음악을 듣지 않는다는 것도 어쩐지 설득력이 없어 보였다.

시큰둥한 내 반응에 수아의 자존심이 상한 모양이었

다.

"언니, 잘 봐요. 헤드셋 남자가 어떻게 하는지."

수아의 승부욕이 발동했다. 수아는 창문을 향해 고개를 돌리더니 능청스럽게 거짓말을 했다.

"어? 비가 오네? 소나긴가 봐."

그런데 정말 등지고 앉았던 헤드셋 남자가 창 쪽으로 고개를 돌리지 뭔가. '어? 정말?' 하는 표정으로.

수아가 씽긋 웃음을 날리며 "어? 아니네. 잘못 봤나 봐."라고 소리쳤고, 헤드셋 남자는 당황한 눈빛으로 다급히 고개를 돌렸다.

"봤죠? 맞죠?"

수아가 내 귀에 속삭이며 호들갑을 떨었지만 나는 또다시 고개를 갸웃거렸다.

"우연일지도 모르잖아. 이번에도."

물론 나도 확신했다. 그는 음악을 듣고 있지 않은 거다.

다른 이와 말을 섞고 싶지 않은 걸까?

어쩜 그는 도토리34일지 모른다. 수아 말대로 내 느

낌도 그랬다. 전혀 맥락이 없는 감이지만 어쩐지 그런 느낌이 들었다.

하지만 그렇다고 한들 정체를 밝히지 않는 건 그의 의지다.

"언니, 왜 저러는 걸까요? 시인인가? 예술가들은 좀 이상하잖아요. 아니면 명퇴라도 당한 걸까요? 시간 때우느라고 리뷰도 쓰고, 커피 마시면서 시간 보내고……. 아닌가? 뭐지?"

수아는 호기심 가득한 얼굴로 흘깃거리며 계속 헤드셋 남자를 살폈다.

하지만 난 더 이상 궁금해 하지 않기로 했다. 리뷰의 주인공이 누구인지, 헤드셋 남자가 음악을 듣는지, 안 듣는지.

확실한 건 하나뿐이다. 헤드셋 남자는 자신이 음악을 듣고 있지 않단 사실을 남들이 알길 바라지 않는다. 도토리34도 자신의 정체를 드러내고 싶지 않은 거다.

그건 뒤로 숨겨진 그늘 같은 걸지도 모른다.

누구나 그렇다. 우리는 모두 숨겨진 그늘을 품고 산

다. 수아도 그렇고 나도 그렇다. 그건 두려움일 수도 있고, 비겁함일 수도 있으며, 드러내고 싶지 않은 마음일 수도 있을 거다.

우리가 할 수 있는 건 하나뿐이다. 그가 스스로 자신을 드러낼 때까지 기다려 주는 것. 용기를 낼 때까지 기다려 주는 것.

어쩜 그는 드러낼 의지가 전혀 없을지도 모른다. 그렇다면 그것도 받아들이면 된다.

우리가 할 수 있는 건 거기까지가 아닐까.

그리고 이제 나는 또 다른 용기를 내보려 한다.

어떤 용기

큰길로 나서는 게 첫 용기였다면, 두 번째 용기도 내 보기로 했다.

잎새달 카페의 주인으로서 앞에 나서는 용기!

조리실 구석에서 타인의 시선을 피해 눌러쓰고 있던 모자를 벗어 던졌다. 수아와 나란히 섰다.

"어서 오세요. 무엇을 드릴까요?"

반갑게 인사하며 주문을 받았다. 나를 본 손님들의 반응이 다채로웠다.

"새 알바생이 왔나 보네."

"어? 카페 주인이시라고? 그렇구나. 그러잖아도 어린 분이 주인인 줄 알고 의아했거든요."

"주인이라고? 그럼 내 말 좀 들어 봐요. 그거 디저트

말이에요, 가격에 비해 사이즈가 너무 작아. 주인 덩치 처럼 좀 크게 만들어 봐요.”

부담스럽고 당혹스런 일도 있었지만, 차츰차츰 모든 것에 익숙해지고 있었다. 그들의 시선이 예전처럼 무겁게 느껴지지 않았다.

“이거 무슨 뜻이에요? 잎새달?”

“아! 잎새달은요, 물오른 나무들이 저마다 잎을 돋우는 달, 4월이란 뜻이에요.”

“오! 너무 예쁜 이름이다. 4월! 너무 좋은 때잖아요. 4월엔 꼭 여기 와서 커피 사야겠네요.”

“4월이 아니더라도 4월처럼 싱그러운 곳이니까 자주 오세요!”

뭐든 하면 는다고, 말도 자꾸 하니까 점점 늘었다.

수아에게 카페를 맡기고 잠시 나왔다.

갈 곳이 있었다. 가는 길에 예고 앞을 지나게 되었는데, 저만치서 반가운 얼굴이 소리쳤다.

“언니!”

나를 본 다온이가 교문 쪽으로 달려왔다.

"다온아!"

다온이의 손에서 종이 한 장이 달랑였다. 캠프라는 글자가 눈에 들어왔다.

"캠프? 너 캠프 가?"

"아! 이거요. 방학에 하는 연극 캠픈데, 지금 신청하려고요."

"연극 캠프?"

"응. 제가 고민이 많잖아요. 근데 고민만 하면 뭐 하겠어요? 직접 부딪혀 보는 거죠. 캠프 가서 빡센 일정으로 연극도 해 보고 선배들 얘기도 들어 보면 판단이 설 거 같아서요. 내가 소질이 있나 없나!"

그래! 왜 고민스럽지 않겠는가. 다온이가 가려는 길은 평생 사람들의 시선 속에서 살아야 하는 길, 반짝이는 무대만큼 견뎌 내야만 하는 것도 많은 분야다. 고민하고 또 하고서 결정해도 과하지 않은 길이다.

"단순하게 생각하려고요. 최선을 다해 보고 아니라고 결론이 나면 일반 학교로 전학을 가고, 맞다 싶으면 계속 달리려고요. 그럼 되죠, 뭐."

역시 다온이다.

"근데 언니는 어디 가요?"

"아! 헬스장!"

"예? 살을 확 빼기로 결심한 거예요?"

다온이는 고개를 마구 저어 댔다.

"아니야, 그러지 마요. 언니는 지금이 딱 좋아. 난 지금 언니가 좋다고."

"뭐? 그럼 난 영원히 뚱뚱이로 살란 말이야? 다이어트하지 말라고?"

"아니, 다이어트는 해야지. 다이어트가 트렌드니까. 이젠 평생 다이어트하는 시대잖아요. 요즘같이 맛있고 기름진 음식이 많은 시대를 살면서 어떻게 다이어트를 안 해? 그래도 언니는 적당히, 적당히 하란 말이지. 무리하게 확 빼서 다른 사람 되지 말라고."

"그래! 알았어. 그렇게 빠져 보기나 했으면 좋겠네."

쓴웃음을 날리며 헬스장으로 향했다.

"언니! 너무 빼면 안 돼! 적당히!"

다온이의 고함에 등이 따가웠다.

살을 빼려는 게 아니었다. 세 번째 용기를 내려는 거였다.

헬스장 러닝머신 위에서 달리는 저 무리들, 나도 그 무리들 속에 섞여서 달려 보려는 거였다. 타인의 시선을 의식하지 않고, 당당히 달리고 싶은 거였다.

아침엔 신발장에 붙은 스티커를 떼었다. 어두운색 스티커가 찌이익 떨어지면서 환한 거울이 모습을 드러냈다.

흠칫! 전신 거울에 속절없이 드러나 버린 내 몸을 보며 당황하기도 했다.

하지만 그것도 잠시뿐, 이내 거울 앞에 당당히 서서 소리쳤다.

"안녕! 잎새달! 이제부터 잘해 보자!"

저기 헬스장이 보였다.

입술을 꼭 물며 엘리베이터에 올라탔다.

투명한 헬스장 문을 통해 운동에 집중한 사람들이 보였다.

"후우!"

한숨을 내쉰 뒤 문을 열었다.

문이 활짝 열리며 드넓은 헬스장 풍경이 펼쳐졌다.

러닝머신 돌아가는 소리! 발소리! 숨소리!

주눅 들려는 목을 있는 힘을 다해 꼿꼿이 세웠다.

'봐! 보면 어때? 상관없어!'

당당히 고개를 쳐들었다.

"어서 오세요!"

반가운 목소리! 정 코치였다.

"안녕하세요!"

나도 당당히 인사를 건넸다.

이제부터 시작이다. 당당한 잎새달! 도전해 보는 거다. 용기를 내어 보는 거다.

작가의 말

우리 삶에서 나를 그냥 나로 봐 주는

유일한 타인이 존재해야 한다고 생각해요.

이 책은 그 유일함을 이야기합니다.

잎새달과 봄, 다온과 사람들이 어떻게 서로의

유일함이 되어 가는지 생각하면서 읽으면

더 재미있는 책이 될지도 모르겠어요.

그런데 책을 그냥 읽는 거지

뭘 생각하면서 읽으라니, 적다 보니 웃긴 말이네요.

여러분은 어떨 때 웃음이 나오시나요?

뭘 좋아하세요?

이 글을 읽은 여러분의 많은 것들이 궁금합니다.

제 글이 세상에 나오는 게 기쁘면서 두렵지만

혹시 모르잖아요. 단 한 명의 독자라도

이 책이 위로가 될지.

저는 그 '혹시'에 용기를 내어 보겠습니다.

그리고 바랄게요. 당신에게도 당신을 온전히 봐 주는

누군가가 꼭 존재하기를.

행운을 빌어요.

– 세린

어떤 고백

초판 1쇄 발행	2026년 3월 2일
글쓴이	세린
표지·본문 일러스트	황미옥
편집	이진숙
디자인	지희령
제작	공간'S 쏜
펴낸이	우종욱
펴낸곳	나비날다
등록	2021년 7월 2일·제2021 - 000092호
주소	10909 경기도 파주시 송학1길 114-9 401호
팩스	0508-906-5405
블로그	https://blog.naver.com/nabinalda0228
이메일	nabinalda0228@naver.com

ⓒ 세린 2026

ISBN 979-11-992369-4-3 03810